10年間身体を乗っ取られ
悪女になっていた私に、
二度と顔を見せるなと婚約破棄してきた
騎士様が今日も縋ってくる
2
琴子
Illust.
ボダックス

「何か欲しいものはないか？」

「ううん、もう十分だよ。一番欲しいものをもらったもの」

「……一番欲しいもの？」

「うん。ルーファスにお祝いしてもらえるのが、一番嬉しい」

ルーファス・ラングリッジ
セイディの幼馴染で、元婚約者。婚約は破棄したが、セイディへの想いは胸に秘め続けており、仲間のために奔走する彼女をサポートする。

セイディ・アークライト
10年間身体を乗っ取られていた伯爵令嬢。幼馴染のルーファスとともに、乗っ取り事件の謎を追う。ルーファスからは好かれていないと思い込んでいる。

characters

エリザ・ヘインズ

セイディがタバサに身体を奪われ「悪女」だった間も親しくしていた男爵令嬢。
実は中身は「メイベル」という女で、
「乗っ取り事件」の首謀者。
本物のエリザは、セイディの心優しい親友。

ジェラルド・フィンドレイ

セイディと同じく身体を乗っ取られていた侯爵令息。
元の身体に戻り、セイディに近づき好意を示す。
美しい好青年だが、セイディのことになると
態度が豹変する。

ニール

ノーマン

身体を乗っ取られ、セイディたちと10年間を共に過ごした仲間。
ニールは元の身体に戻ったが、ノーマンはまだ入れ替わったまま。

タバサ

セイディの身体を10年間乗っ取っていた女。
今は地下牢に入れられている。

ティム

セイディの護衛騎士。
常にセイディの味方をしてくれる。

ケヴィン

ルーファスの騎士団の同期で、
親友であり右腕。

ロイド

タバサがセイディの身体にいた間、
好意を寄せていた青年。

『――俺と結婚してくれる？』
『わたしたちはまだ子供だし、大人になってもまだ好きでいてくれたら、けっこんしようね』
『大丈夫だよ、俺はずっと、セイディを――』

10年間身体を
乗っ取られ
悪女になっていた私に、
二度と顔を見せるなと
婚約破棄してきた
騎士様が
今日も縋ってくる
2
琴子
Illust. ボダックス

contents

◇第一章　少しずつ、急接近

ルーファスと共に王都から少し離れた街にいる大司教の元を訪れた私は、私達《わたしたち》の身体《からだ》を入れ替えた魔道具が壊れかけているということを知った。

——魔道具が完全に壊れれば、全員が元に戻れるかもしれない。

これまで解決法が見つからなかった私達にとって、そのことは一条の光のようにも思えた。

けれど帰り道、土砂崩れが起き、今夜中に王都へ戻るのは難しい状況になってしまい、私達は仕方なく街へ戻ることにした。

街に着いた後はすぐ、唯一のホテルへと向かい、部屋をとった。

ラスト二部屋だったらしく、あと少し遅ければ二人で同じ部屋に泊まることになっていただろうと従業員に言われ、落ち着かない気持ちになった。

そして今はルーファスとホテル内のレストランにて向かい合い、食事をとっている。

「と、とっても、美味《おい》しいね」

「ああ」

目の前に並ぶ食事はとても美味しいけれど、私達の間には何とも言えない空気が漂っている。

「…………」

「…………」

よくよく考えてみると、私が自身の身体に戻ってからというもの、ルーファスと普通の時間を過ごしたことがなかった。

だからこそ、何を話せば良いのか分からない。

それはルーファスも同じらしく、彼も時折こちらを見ては、何か言いたげな顔をしている。

――子供の頃は何を話そうなんて考えることなく、常に楽しくお喋《しゃべ》りをしていたのに。

そう思うと少し寂しい気持ちになってしまうけれど、せっかくの機会を無駄にしたくないと思い、当たり障りのないことを尋ねてみることにした。

「あ、あの、お仕事は最近忙しいの？」

「いや、普通だ」

ちなみに先日、私達が奴隷として暮らしていた村に向かうためにゲートを勝手に使った件については、日頃の行いが良かったせいか、上の方が揉《も》み消《け》してくれたらしい。

ルーファスとケヴィン様には何の罰もなかったようで、本当に良かった。

私に話しかけられること、質問をされることも嫌ではないようで、今のルーファスのことをもっと知りたいと思い、色々と聞いてみることにした。

「ケヴィン様とは、騎士団に入ってから仲良くなったの？」

「ああ、同期だった。二人で遅くまで訓練したりしていたな」

「そうなんだ、素敵だね。すごく仲良さそうだもの」

「そうだな。あいつとはよく食事や飲みにも行く」

「ふふ、そっか。そもそも、どうして騎士になったの？」

「セイディが格好いいと言っていたからだ」

「……えっ？」

何気なく告げられた、予想もしていなかった答えに、私は思わず驚きの声を漏らしてしまった。

ルーファスも言うつもりはなかったのか、慌てて口元を右手で押さえている。

──私の言葉が理由だなんて、想像もしていなかった。

確かに私は、昔から騎士に対して漠然とした憧れがある。だからこそ、ルーファスにも軽い気もちでそんな話をしたことがあったかもしれない。

けれどルーファスが騎士になったのは、私が身体を乗っ取られて何年も経《た》った後だ。

タバサによって、嫌な思いや辛《つら》い思いをし続けていたはず。

つい「どうして」と呟《つぶや》いた私に対し、ルーファスは眉尻を下げ、困ったように笑った。

「セイディが、好きだったからだ」

そんな言葉や切なげな声に、心臓が大きく跳ねる。

子供の頃、ルーファスが私を好いてくれていたことは分かっていた。

そしてそれが、過去のことだということも。

「……ありがとう」

ルーファスはずっと、私の言葉を忘れずにいてくれた。

とても嬉《うれ》しいことだというのに、何故《なぜ》か胸の奥がずきずきと痛んだ。一体、どうしてだろう。

「だからこそ、お前が別人になっていても気が付かなかった自分が、未《いま》だに許せないんだ」

「そんな、ルーファスが気にすることなんて何ひとつないのに……！　本当に仕方ないことだもの。それにずっと私の心配をしてくれていたって、お父様からも聞いたよ」

悪女として散々な振る舞いをしていたセイディ・アークライトを見捨てなかっただけでも、どれほど私を大切に想《おも》ってくれていたのかが分かる。

それにルーファスは、いつだって私に優しかった。

「本当にありがとう。今こうして普通に話せるようになっただけでも、本当に嬉しい」

ルーファスが今の私を信じてくれて、本当に良かった。

そしてルーファスが「俺はお前と――」と、何かを言いかけた時だった。

「おや？　お前さん、ルーファスじゃないか？」

「……アントンさん？」

「ああ。本当に久しぶりだな！」

私達のテーブルの横を通りがかった男性が、ルーファスの顔を見るなり声をかけた。

嬉しそうにルーファスの背中を思いきり叩《たた》いた男性はなんと、前騎士団長らしい。引退後は一人でのんびりと、国中を旅しているのだという。

ルーファスと会うのも数年ぶりらしく、偶然会えたことで二人はとても嬉しそうだった。

「もしかして、こちらはルーファスの婚約者か？」

「えっ？　ええと、私は」

「こいつから話はよく聞いてたんだ」

「私の話を、ですか……？」

「ああ、口を開けばいつも君の話ばかりだったよ」

するとルーファスは「やめてください」と慌てた様子を見せた。もしかすると、当時の最低最悪な私の相談なんかをしていたのかもしれない。

「よければ少し、一緒に飲まないか？」

そんなアントンさんの誘いを受け、ルーファスは窺《うかが》うようにこちらを見た。久しぶりに会えた二人の邪魔はしたくないし、気も遣わせたくない。

そう思った私は失礼して、先に部屋に戻ることにした。


「……ルーファス？」

お風呂から上がった後、何か飲み物でも貰《もら》いに行こうと部屋の外に出ると、アントンさんに肩を支えられふらふらと歩くルーファスの姿があった。

その顔は赤く、かなり酔っているのが分かる。

「お、良《い》いところに。こいつ、ベロベロになっちまってさ」

「ええっ」

「……おれは、よってません」

「酔ってる奴《やつ》は大体そう言うんだ」

お酒のせいでふにゃりとしたルーファスはなんだか可愛《かわい》くて、笑みがこぼれた。

楽しくなってつい飲ませすぎたと、アントンさんは申し訳なさそうな表情を浮かべている。

アントンさんはルーファスを部屋へと運ぶと、ベッドにどさりと下ろした。大人しく横たわったルーファスはどうやら酔っているだけで、具合は悪くなさそうでほっとする。

「ルーファスのこと頼むな。こいつは本当にいい奴なんだ。これからも一緒にいてやってくれ」

「は、はい。私でよければ」

アントンさんは、私達の婚約が解消されたことを知らないのかもしれない。ルーファスが話していないのなら、私が余計な話をする必要もないだろう。

何より今ここで事情を説明すれば、余計な心配をかけて楽しい気分も失われてしまうはず。

そのままアントンさんを見送ると、私は急いで水をコップに注ぎルーファスの元へと向かう。

「ルーファス、大丈夫？　お水飲める？」

そして近くのテーブルに冷たい水を置いて声をかけると、ルーファスがじっとこちらを見ていることに気が付く。

「どうかした?」

「可愛いな」

そんな言葉に、「えっ」と声を漏らした時にはもう、腕を掴《つか》まれていた。

次の瞬間にはぐいと腕を引かれており、気が付けば私はルーファスの上に覆いかぶさるようにして倒れ、きつく抱きしめられていた。

「あ、あの、ルーファス……?」

どうしてこんな状況になっているのか、さっぱり分からない。

ルーファスの柔らかな良い香りとお酒の匂いに、私まで酔ってしまいそうだった。

とにかく、この状況は絶対によろしくない。

そう思い腕の中から抜け出そうとしたところ、よりきつく抱きしめられてしまう。

「セイディは、世界でいちばん可愛い」

「……っ」

そんなルーファスの言葉に心臓が痛いくらいに早鐘を打ち、身体が熱くなっていく。

普段の彼は、絶対にこんなことを言ったりしない。

むしろそんなこと、思ってすらいないはず。

私はお酒をほとんど飲んだことがないけれど、これほど恐ろしいものだとは思わなかった。

こんなことになって、翌朝後悔するのは間違いなくルーファスの方だ。誰よりも真面目で誠実な彼が、後悔して自分を責めるのが目に見えている。

ここは私がなんとかしなくてはと思っても、どうすることもできずにいた。

私達の間にはかなりの力の差があって、いくらルーファスの胸板を押しても、びくともしない。

「ル、ルーファス、お水飲もう？　だからそろそろ離し……」

「いやだ」

「ええっ」

「……こんな夢、きっと一生見られない」

どうやらルーファスはこの状況を、夢だと思っているらしい。

そうなれば今はもう、何を言っても無駄な気がしてくる。

ルーファスは眠そうに見えるし、彼が寝た後、こっそり抜け出して部屋へと戻ろう。

そう決めた私は身体の力を抜いた。ぴったりと触れ合っているルーファスの温かな身体からは、速い鼓動が聞こえてくる。

――そもそもルーファスは、どうして私を離したくないと思っているのだろう。

そんなことを考えながら、私もそっと目を閉じた時だった。

「好きだ」

そんな言葉が頭上から降ってきて、息を呑《の》む。

言葉を失う私に、ルーファスは続ける。

「ずっと、セイディが好きだった」

ひどく優しい、泣きたくなるくらい切ない声だった。

なぜルーファスが、そんなことを言うのか分からない。人はお酒に酔うと、思ってもいないことを言ってしまうのだろうか。

ふらふらと伸びてきたルーファスの手は、私の髪を撫《な》でていく。

その慈しむような手つきすら、まるで私のことを好きだと言っているみたいで胸が高鳴る。

「う、うそだ」

「うそじゃない」

「だ、だって」

「俺は死ぬまで、セイディしか好きになれないんだと思う」

プロポーズにも似たそんな言葉を囁《ささや》かれた私はもう、限界だった。

ドキドキしすぎてもう、わけが分からなかった。悲しくもないのに、涙腺が緩んでいく。

「可愛い」

全部お酒のせいで、酔っているから。

「好きだ。愛してる」

だから、真に受けてはいけない。そう分かっているのに。

ルーファスの声があまりにもまっすぐで、優しいから。もしかしたら本当に、なんて勘違いをしそうになる私の心臓もずっと、早鐘を打ち続けていた。

＊　＊　＊

「……な、な、なん……⁉」

「おはよう」

翌朝私は、ひどく慌てたようなルーファスの声で目を覚ました。

いつの間にか、二人して眠ってしまっていたらしい。

昨晩はひたすら愛を囁かれ続けた上に、一晩中ルーファスの腕の中にいたのだ。こうして至近距離でいるくらいではもう、動揺しなくなっていた。

けれどルーファスの方は違うらしく、飛《と》び退《の》くように私から離れると、真っ赤な顔をしたまま口元を手で覆っている。

「な、なぜ俺、セイディ、こんな……」

もはや、まともに言葉を話せていない。心底動揺しているようだった。

どうやらルーファスには、記憶がないらしい。

この状況だけでこの慌てっぷりなのだから、忘れた方が良いはず。黙っておこうと思った私は、何事もなかったかのように振る舞うことにした。

「昨日は酔い潰れかけたルーファスをアントンさんが部屋に運んでくれた後、心配になってお水を飲ませようとしたの。そうしたら抱きしめられて、そのまま寝ちゃって……」

「……本当に、すまない」

即座に頭を下げたルーファスに顔を上げるよう言い、気にしていないからと笑顔を向けた。

けれど彼はひどく後悔しているようで、この世の終わりのような顔をしている。

「俺は他に何もしていないだろうか。変なことを言ったりとか」

「何もなかったよ。すぐに眠っちゃったから」

「……そうか」

見るからにほっとした様子のルーファスに、やはり黙っていて良かったと思った。

全てを話してしまえば彼はきっといつまでも頭を下げ続け、私と一生まともに口を利いてくれなくなるに違いない。

それから私は自分の部屋へと戻り帰り支度をし、再びルーファスと合流した。

「あ、朝ごはんも美味しいね」

「……ああ」

気まずい雰囲気の中で二人で朝食をとり、ホテルを出て馬車に乗り込む。

結局、帰りの道中ずっと、私達の間には何とも言えない空気が流れ続けていた。

＊＊＊

自宅に帰り、家族に遅くなった理由を説明した後、エリザやノーマンの元へと向かう途中、廊下で護衛騎士のティムに会った。

確かティムは、休みの日はお酒を飲みに行くのが趣味だと言っていた記憶がある。

だからこそ私は、気になっていたことを彼に尋ねてみることにした。

「ねえ、ティム。お酒を飲んで酔ったら、その、みんな思ってもないことを言ったりするの？」

「と、言いますと？」

「好きでもない女性を、く、口説いたりとか……」

「そりゃあもちろん、男はみんなそうですよ。飲み屋で酔った後は、その辺の女を口説くのが普通の流れです」

「……そう、なんだ」

どうやらルーファスの行動は、普通のことらしい。

ティムは当たり前のようにそう言った後、首を傾《かし》げた。

「いきなりどうしたんですか？」

「ち、ちょっと気になっただけ！　何でもない！」

それだけ言うと、私は逃げるようにその場を後にした。背中越しに、戸惑ったようなティムの声が聞こえてくる。

そうして適当に突き進んだ先にあった柱の陰に背を預けると、私はずるずるとその場にしゃがみ込み、膝を抱えた。

——やっぱりあれは全部、お酒のせいだった。

ルーファスの本音かもしれないと、少しでも勘違いをしてしまった自分が恥ずかしい。

「……私の、バカ」

それなのに、あの晩のことを思い出すだけで、泣きたくなるくらいにドキドキしてしまう。

『ずっと、セイディが好きだった』

『俺は死ぬまで、セイディしか好きになれないんだと思う』

『好きだ。愛してる』

ルーファスの声が、温《ぬく》もりが、頭から離れてはくれない。

お酒に酔ってしまったら、ルーファスは私以外の女の人をあんな風に抱きしめて、触れて、同じことを言うのだろうか。

何故かそれだけは、絶対に嫌だと思った。

「うー……」

自分が特別ではないことに、心のどこかでショックを受けているのには気付かないふりをする。そして私はしばらく冷めそうにない、熱を帯びた顔を両手で覆った。

＊　＊　＊

翌日、朝食を終えてエリザとノーマンと共に広間でお茶をしていると、エリザが心配そうに私の顔を覗《のぞ》き込《こ》んだ。

「セイディ、大丈夫？　ひどい顔色よ」

「ちょっと寝不足で……全然大丈夫だから、気にしないで」

ルーファスのことばかり考えてしまっていたせいで、昨晩はあまり眠れなかった。今はこんなことで悩んでいる場合ではないというのに。

ちなみに大司教から聞いた話は、昨晩のうちに二人にも話してあった。

今日はこの後ニールとジェラルドも来ることになっており、今後について話し合う予定だ。

「もしかして、出先で何かあった？　何か辛いこととか」

「ち、違うの！　ごめんね！」

「そう？　それなら良いんだけど」

周りに心配をかけないためにもしっかりしなければと、両頬を思いきり叩く。

それと同時に、メイドのハーラが客人が来たことを知らせてくれた。

「ニール？　それともジェラルド？」

「いえ、ルーファス様です」

「えっ？」

予想もしていなかった返事に、心臓が大きく跳ねた。

もちろん彼とは何の約束もしていないし、何の用事なのか全く思い当たらない。

「わ、私、少し行ってくる！」

慌てて姿見の前へと行き、変なところがないかくまなくチェックした私は、うるさい胸のあたりを押さえて玄関ホールへと向かう。

するとそこには、騎士服を着たルーファスの姿があった。

話を聞くと、夜勤の後にまっすぐここへ来たらしい。

「急に来てしまってすまない。今日はその、先日のことを改めて謝りたくて来たんだ」

「い、いえ……」

顔を赤らめながらそう言ったルーファスを見ていると、色々と思い出してしまい、こちらまで照れてしまう。少しの気まずい沈黙の後、ルーファスは再び口を開いた。

「お詫《わ》びの品と言ってはなんだが、良かったら受け取ってほしい。いらなかったら捨ててくれ」

そうして、いくつもの可愛らしい箱を手渡される。

ルーファスなりに一生懸命選んでくれたのが伝わってきて、それだけで嬉しくなった。

「わざわざありがとう。本当に気にしなくて良いのに」

「いや、良くない。それと他にも何か、俺にできることがあれば何でも言ってほしい」

「……本当に、何でもいいの？」

「ああ」

迷いなく頷《うなず》いてくれるものだから、私は意を決してルーファスを見上げた。

「それなら、もうお酒で酔わないようにしてほしい」

そう告げるとルーファスは驚いたように目を見開いた後、ひどく申し訳なさそうな表情を浮かべ、片手で目元を覆った。

「……不愉快な思いをさせて、本当にすまない。一生酒は飲まないようにする」

「ち、違うの、そうじゃなくて」

私が嫌な思いをしたせいだと思っているようで、慌てて両手を左右に振って否定する。

私はルーファスに、お酒自体をやめてほしいわけではなかった。

それにそもそも私は、不愉快な思いだってしていない。

「その、女の人がいる場所では飲まないでほしいだけなの」

「……？　分かった」

ルーファスはなぜ私がこんなお願いをしているのか、全く分かっていないようだった。それでもすぐに頷き「約束する」と言ってくれる。

同時に不思議と、ひどく安堵《あんど》している自分がいた。

「また何かあったら呼んでくれ」

「うん、本当にありがとう。お仕事お疲れ様」

「……ああ、ありがとう」

そうしてあっという間に帰ってしまうルーファスを見送ると、私は今しがた貰ったばかりのプレゼントを抱え、自室へ向かう。

昨日、ティムに話を聞いた後のどんよりとした気持ちが嘘《うそ》みたいに、足が軽い。

「わあ……」

部屋に着いた後は箱をテーブルに並べ、ドキドキしながらひとつひとつ開封していった。

可愛らしいお菓子や素敵なアクセサリーが入っていて、私のために選んでくれたのだと思うと、胸の奥が温かくなる。

「ふふ、大切にしなきゃ」

それらを大切に再び箱にしまうと、エリザとノーマンのいる広間へと戻った。

それからすぐニールがやってきたのと同時に、ジェラルドが遅くなるという知らせが届いた。

「セイディ、ジェラルドが来るまで少し休んでいたら？　寝不足みたいだし」

「で、でも……」

「うんうん。僕らはのんびりお喋りしてるからさ、ごゆっくり」

「ああ。セイディは一番、頑張ってくれてるからな」

「そんなことないよ。でも、ありがとう」

今日の私はよほど酷《ひど》い顔をしているらしく、結局、お言葉に甘えさせてもらうことにした。

私は再び自室へ戻るとベッドに倒れ込み、すぐに夢の中へと落ちていった。

温かい手のひらに、頭を撫でられている感覚がする。

「……目が覚めた？」

ゆっくりと目を開ければ、すぐ側にはベッドの上に腰掛けるジェラルドの姿があった。

どうして、ジェラルドがここにいるんだろう。

寝起きでぼんやりする私の髪をそっと掬《すく》うと、ジェラルドは困ったように微笑《ほほえ》んだ。

「セイディは、酷いね」

「………？」

少しずつ頭がはっきりしていく中で、何に対して「酷い」と責められているのかを考える。

けれど答えの出ない私に「分からない？」と彼は続けた。

「好きだと伝えて結婚を申し込んだ直後に、他の男と二人で外泊だなんて、本当に酷いと思わない？」

「……っ」

普段のジェラルドとは違う棘《とげ》のある声音や言葉に、どきりとしてしまう。けれど元々泊まりのつもりではなかったし、道が崩れて帰れなくなったのだ。

慌ててベッドから起き上がり、不可抗力だったと事情を説明する。

やがてジェラルドは、貼り付けたような笑顔のまま「そうなんだ」と私の頭を撫でた。

「じゃあ、もちろん何もなかったよね？」

「それは……」

エメラルドによく似たジェラルドの両目から、目を逸《そ》らせなくなる。

あれは、何もなかったと言えるのだろうか。

馬鹿正直な私は戸惑ってしまい答えに詰まっていると、ジェラルドは私の両腕を摑んだ。

「――ごめんね。流石《さすが》に許せそうにない」

そして視界がぐらりと傾いたかと思うと、私はベッドに押し倒されていた。

「ジェラルド……？」

吐息がかかりそうな至近距離まで、顔が近づく。

指先ひとつ動かせずにいると、美しい瞳に映る間の抜けた顔をした自分と目が合った。

「あいつに何をされたの？」

「な、なにって……」

「好きだとでも言われた？　触れられた？　キスでもされた？」

「ど、どうしてそんなこと……」

作り物のように整いすぎた顔からは表情が抜け落ちており、何の感情も読み取れない。

人形のようにも見えて、ぞくりと鳥肌が立つ。

「ねえ、セイディ。答えてよ」

「……っ」

「このままじゃ僕、君に酷いことをしてしまいそうだ」

そう言って、ジェラルドは私の頬をするりと撫でた。

目の前の男の人は私の知っている優しいジェラルドとはまるで別人で、怖くなる。

「ルーファス・ラングリッジのこと、好きになった？」

問《と》い質《ただ》すような、責めるようなジェラルドの言葉に対して、私はすぐに首を左右に振る。

すると彼は、安堵したように柔らかな笑みを浮かべた。

それでもまだ普段のジェラルドとは違う気がして、身体が強張《こわば》る。

「……良かった。僕はなるべく、セイディに嫌われるようなことはしたくないんだ」

私に嫌われるようなこと、とはどんなことなのか、想像もつかない。余計なことを言って怒らせてしまうのが怖くて、きつく唇を嚙《か》み締《し》める。

そんな私に、ジェラルドは続けた。

「ねえ、好きだよ。本当にセイディが好きなんだ」

「………」

「お願いだから、僕を選んで。結婚しよう？　セイディのためなら何でもするし、僕以上に君を愛している条件の良い男はいないと思うんだ。今はまだ好きになってくれなくてもいい。セイディを幸せにできるのは世界中で、僕だけだよ」

そう言い切ったジェラルドは、何故かひどく焦っているように見えた。

理解を超えた愛の言葉を並べ立てられ、縋《すが》るような視線を向けられた私は、どう返事をすべきなのか分からず、ただ彼を見つめ返すことしかできない。

ジェラルドのことはもちろん好きで、大切だった。

けれどそれは友愛であり家族愛にも似ていて、ジェラルドが私へ向けている「好き」とは違う。

だからこそ私とジェラルドが結婚する未来なんて、想像もつかなかった。

「悪評まみれのセイディはもう良縁を望めないだろうし、いつまでもこの家にいたら、ご両親にも心配をかけるんじゃないかな」

ジェラルドの言う通り、こんな醜聞まみれの私を心から好いて求婚してくれる人なんて、もう現れないだろう。

私とジェラルドの結婚は、伯爵家にとっても良いことに違いない。ジェラルドの実家——フィンドレイ侯爵家は由緒正しい裕福な名家だし、私にはもったいないくらいの相手だろう。

そう、分かっているのに。

何故か思い浮かぶのは、ルーファスのことだった。

＊＊＊

一日の業務を全て終え、ルーファスと共に休憩室で茶を飲んでいたところ「セイディに、女の人がいる場所ではお酒を飲まないでほしいと言われた」という話を聞かされた。

「ケヴィンはどういう意味か分かるか？　あれからずっと考えていたんだが、分からないんだ」

「いえ、俺もそれだけでは何とも」

大司教に会いに行った日の晩、なんと酔ったルーファスは彼女と同じベッドで寝ていたらしい。酒に酔った結果、どうしようもない欲望に負けてしまったのだと反省も後悔もしたルーファスは、プレゼント片手に謝罪に行ったという。

何にせよ距離が縮まったなら良かったのでは、と言ったところ、むしろ気まずくなったと肩を落とした。心なしか、彼女の態度も素っ気なくなったらしい。

「ああ、そうだ。前団長から手紙が来ていましたよ」

「アントンさんから？」

「はい。たくさんの差し入れと共に」

前団長とは、大司教を訪ねた際に偶然会ったと聞いている。

そうして渡した手紙を何気なく開封したルーファスは、やがてはらりと手紙を床に落とし、口元を押さえた。その顔色は、一瞬にして真っ青なものになっていく。

「一体、何があったんです……⁉」

まさか誰かの訃報や事件が起きたのかと尋ねたところ、ルーファスは震える手で手紙を拾い、俺に差し出した。自分の目で確認しろということなのだろう。

受け取ってから何度か深呼吸をして心の準備をし、目を通す。

「…………は？」

するとそこには【それにしても、だいぶお楽しみだったようだな。あの後、酔わせすぎたお前が心配で後から様子を見に行ったんだ。だが「可愛い」「好きだ」「愛してる」なんてお前の声が絶えずドア越しに聞こえてきて、杞憂《きゆう》だったと笑ったよ】と男性らしい字で綴《つづ》られている。

顔を上げてルーファスを見れば、案の定、両手で頭を抱えていた。

「嘘だろう？　まさか酔って抱きしめたまま寝落ちした挙げ句、こんなことを言っていたなんて……セイディは優しいから、黙ってくれていたのか……」

どうやら酒に酔い、記憶を失っている間に彼女に対して愛を囁いていたらしい。

それも一言二言ではないのが窺えて、かける言葉が見つからなくなる。

前団長がこんな嘘を吐くような人ではないことも分かっているし、ここに書かれていることは間違いなく事実なのだろう。

「まさか、女性のいる所で酒を飲むなと言っていたのは――」

そこまで言いかけて言葉を失ったルーファスは、この世の終わりのような表情を浮かべている。

とは言え、当然だろう。

「俺はセイディに、誰にでもそんなことをする人間だと思われているのか……⁉」

「それしかないでしょうね」

愛する女性に散々失礼な真似《まね》をした挙げ句、節操のない男だと思われてしまったのだろう。

やがて「消えてなくなりたい」「セイディに合わせる顔がない」「そんなつもりじゃなかった」と呟きながら、ルーファスは机に思いきり頭を打ちつけた。

そんな彼にかける言葉など、流石に見つからない。きっと予想は当たっているし、俺が彼女の立場でも同じことを思ったに違いない。

過去に何度もルーファスが泥酔している姿を見たことがあるが、女性に絡むことなんて一度もなかった。むしろどんな美女に言い寄られても、冷たくあしらっていたくらいだ。

彼女だからこそ、そんな行動に出てしまったことは間違いない。

けれどそんなこと、もちろん相手は知る由もない。

「絶対に引かれた……それなのに俺は呑気《のんき》にプレゼントなんて……一体どうしたら……」

「もう、本当に好きだと言ってしまえばいいのでは？」

「今好きだと告げたところで、彼女の負担になるだけだ」

彼女を取り巻く事件が解決していない今、余計な負担をかけたくないらしい。

ルーファスらしい考えではあるが、このままでは酔った上での戯言《たわごと》だと思われてしまう。

彼にとって、間違いなく心からの本音だったというのに。

「事件が解決した後に想いを告げて、セイディにもう一度、結婚を申し込もうと思っていた」

「なるほど」

「……だがどれほど高く見積もっても五パーセント程だった成功率は、ゼロになった」

そうしてルーファスは、「終わった」と呟き再び頭を抱えた。誤解が解けるまで、永遠にへこみ続けるに違いない。

酒の勢いとは言え、ずっと想いを寄せていた相手に恋心を告げたところ、酔うと誰にでも愛を囁く男だと思われてしまったのだ。

自業自得だとしても、あまりにも不憫《ふびん》だった。

「とにかく、謝りましょう。そして俺もルーファスが普段ならそんなことは絶対にしないと、口添えしますから」

「……すまないが、本当に頼む。本気で泣きそうだ」

そして一秒でも早く誤解を解きたいというルーファスの意志を尊重し、明日アークライト伯爵邸を訪ねることにした。

＊＊＊

『ねえ、セイディ。僕を選んでよ』

『わ、私は……』

――あの後、ジェラルドに押し倒されていた私の元へニールがやってきて、「何やってんの」とジェラルドを止めてくれた。

同意なしにこういうことをするのは流石に無いんじゃない、と言ったニールの声は驚くほど低く冷たいもので、本気で怒ってくれていた。

やがて私から静かに手を離し、身体を起こしたジェラルドは「ごめんね」「返事、待ってるから」と呟くと、起き上がった私の手を取った。

「嫌だったら振り払っていいんだよ。セイディは優しすぎる」

「酷いね、ニールは。あまり邪魔をしないでくれるかな」

そんな会話をしながら広間へと戻り、私を含めた五人でテーブルを囲む。隣に座るジェラルドはいつも通りの笑顔を浮かべており、気まずさを感じているのはどうやら私だけらしい。

ニールが来てくれていなかったらと思うと、少しだけ怖くなる。

私が頷くまでジェラルドは、離してくれない気がしていたのだ。

ずっとジェラルドのことを誰よりも身近な存在だと思っていたけれど、最近は何を考えているのか全く分からなくなっていた。

「メイベルが身体を入れ替えたくなるような状況を作り出すのが、一番いいんじゃないかな」

改めて大司教から聞いた話を伝えたところ、ニールはぽつりとそう言った。

「入れ替えたくなるような状況って、例えばどんな……？」

「身体に一生物の傷が付くとか、呪いにかかるとか？」

「だ、だめだよそんなの！」

限界が近い可能性がある魔道具を完全に壊すためには、使わせるのが最も手っ取り早いというのは分かる。

それでも、メイベルが入っているのはエリザの身体なのだ。

その方法はとても容認できるものではない。けれど、斜向《はすむ》かいに座るエリザは「いいじゃない、それ」なんて言って微笑んでいた。

「私の身体のことなら気にしなくていいから、思いきりやりましょうよ。一生、この身体でいるよりずっとマシだもの」

エリザは本気でそう思っているらしく、彼女は昔から妙に思いきりがいいところがあった。

それでも私が絶対に反対だと言い切ると、エリザは困ったように眉尻を下げた。

「あの女は絶対に魔道具のありかは吐かないだろうし、それが一番現実的で早そうだね。もちろん、エリザの身体に負担にならない方法がいいんだけど」

ジェラルドも賛成するように、頷いている。

一方、ノーマンは私と同じでエリザの身体を大切にすべき、という意見だった。

「死には至らないけど、ひたすら苦しみ続ける毒とかあればいいのにね。専用の解毒薬をこちらで用意して、エリザが元の身体に戻ったと同時に使えばいいし」

「そんな都合の良いもの、あるのかしら」

「調べておくよ。言い出したのは僕だし、あの女に使う前に全部僕自身が試すから安心して」

ニールはそう言うと、やがて私へと視線を移した。

「セイディの気持ちは分かるけど、こんな状況で何のリスクもない方法なんてないと思うよ」

「…………」

「ま、もう少し考えてみよう。僕も色々調べてみるし」

他の案を提案したわけでもないのに、否定ばかりするのは良くないと分かっている。

それでも、エリザの身体が心配だった。こんなにも長い間身体を奪われて、いざ戻っても傷や呪いなんかがあるなんて、あまりにも辛すぎる。

私も何か良い方法がないか調べ、考えなければと両手を握りしめた。

タバサやノーマンの身体を奪っていた男から再び話を聞く日程などを決め、この日の話し合いは終わりとなった。

「あーあ、早く全部解決して、みんなで思いっきり遊びたいよね」

「ふふ、そうね。やりたいことがたくさんあるわ」

それからは久しぶりに、五人でゆっくりと他愛のない話をした。こうして温かく綺麗《きれい》な場所で、美味しいお茶を片手に話ができる日が来るなんて、思いもしなかった。

「俺は早く弟達に会いたいな。大きくなっているはずだし」

「ノーマンの兄弟だもの、みんな素敵なんでしょうね」

エリザとノーマンも元の身体に戻った上で、改めて五人で笑い合いたい。

そう、強く思った。


その日の夕方、ルーファスから明日会えないかという手紙が届いた。

どうやら急ぎの用があるらしい。ケヴィン様も同席するとのことで、余計に何かあったのかもしれないと心配になってしまう。

すぐに了承の返事を書くと、ラングリッジ侯爵家宛では私からの手紙は処分されてしまいそうで、確実に届くであろうケヴィン様の屋敷《やしき》へ手紙を届けるよう頼んだのだった。

＊　＊　＊

翌日の昼、我が家を訪れた二人をすぐに玄関で出迎えたけれど。ルーファスはやけにかっちりとした服を着こなしており、その顔色は今にも倒れてしまいそうなほど悪い。

「突然、すまない……」

「う、ううん！　大丈夫だよ」

彼の少し後ろに立つケヴィン様もひどく気まずそうな様子で、やはり何かあったのだと不安になりながら、自室へと案内する。

テーブルを挟んで二人と向かい合って座った私は、メイドにお茶の用意を済ませた後は退室するようお願いした。

メイド達が部屋を後にし、ドアが閉まる音が聞こえたのと同時に、私は口を開いた。

「もしかして、何かあったんですか？　タバサの身に何か……」

「……あの日の夜、何があったかをアントンさんから聞いたんだ」

「えっ？　あ、あの日って……」

あの日の夜というのは、大司教に会いに行った日——ルーファスがお酒に酔い、私を抱きしめたまま眠ってしまった時のことだろう。

ルーファスが心底思い詰めた様子なのも、ケヴィン様が気まずそうにしているのにも納得がいった。こうなることが予想できたからこそ、私は何もなかったと嘘を吐いたのに。

「本当にすまなかった。二度とこんなことが起こらないようにする。許してもらえるまで、何でもするつもりだ」

「わ、私は大丈夫だよ。全く気にしてないから！　本当に全然、忘れてたくらいで！」

もちろん、これも嘘だ。

本当は毎日のようにあの晩のことを思い出しては、ひどく落ち着かない気持ちになっていた。

それでもルーファスに気を遣わせたくなかった私は、笑顔でそう言ってみせる。

「そうか……全く気にしていない上に、忘れていたくらいなら、良かった……」

けれど何故かルーファスは、余計にショックを受けたような表情を浮かべていた。

何か間違えてしまっただろうかと不安になっていると、ケヴィン様がこほんと咳払《せきばら》いをする。

「誤解のないようお願いしたいのですが、ルーファスは酒に酔ったからと言って、誰にでも好意を伝えたり触れたりする人間ではありません。むしろ、今回が初めてかと」

「えっ？　そうなんですか？」

「はい。誓って」

「よ、良かった……」

ケヴィン様の話を聞き、思わずそんな言葉が口からこぼれ落ちた。

私にだけ、他の女の人にはしていないと知っただけで、どうしてこんなにも安心したのだろう。

そんな私の反応を見て、二人もほっとした様子だった。

けれど、今度は別の疑問が浮かんでくる。

「それならルーファスはどうして、私にあんなことを……？」

「……それは、その」

気になったことを何気なく尋ねてみると、ルーファスは口籠もってしまった。

言いたくないことがあるのかもしれないし、無理に聞き出したいわけではない。

「ううん、やっぱり何でもない。気にしないで」

これ以上ルーファスを気落ちさせたくないため、慌ててそう付け加える。

そんな中、ケヴィン様も気になることがあるのか、首を傾げていた。

「先ほど仰《おっしゃ》っていた『良かった』というのは、酒に酔ったルーファスがこれ以上、被害者を出さなくて良かった、という意味ですか？」

「っげほ、ごほ」

まるでルーファスを犯罪者扱いするような容赦のないケヴィン様の問いに、ティーカップに口をつけたばかりのルーファスは思いきり咳《せ》き込《こ》んだ。

慌ててハンカチを渡せば、戸惑いがちに「すまない」と言って受け取ってくれる。

「良かった、の意味……」

そう言った私自身も、その意味をよく分かっていなかった。

もちろん、ケヴィン様が言っていたような意味ではないけれど。

「ルーファスが私以外の女性にも好きだと言って、触れているのを想像すると、すごく嫌だったんです。だから、ほっとして……」

結局、答えは出ず、その代わりに思っていたことをそのまま口に出してみる。

するとルーファスは黒曜石のような両目を見開き「は」という声を漏らした。

「……ルーファス？」

何故か石像みたいに固まってしまった彼の名を呼び、顔を覗き込む。ルーファスは「すまない」

「何でもない」と言って片手で口元を覆った。

その顔は林檎《りんご》みたいに真っ赤で、余計に心配になる。

ケヴィン様も驚いた表情を浮かべていて、落ち着かない気持ちになっていた時だった。

ノック音が室内に響き、顔を上げる。

すぐに「どうぞ」と声をかければ、ハーラが「失礼いたします」と中へ入ってきた。

「お嬢様、お客様がいらっしゃいました」

「今日は何の予定もなかったはずだけど……誰かしら」

「ジェラルド・フィンドレイ様です」

「――え」

突然のジェラルドの来訪に、戸惑いを隠せない。

昨日もみんなで会ったばかりだというのに、何かあったのだろうか。

来客を知り気を遣ってくれたようで、ケヴィン様はティーカップを置くと、上着を手に取った。

「俺達はそろそろお暇《いとま》しましょうか」

「あ、ああ」

ルーファスも慌てたように立ち上がり、テーブルに足を思いきりぶつけていた。かなり痛そうだったけれど、大丈夫だろうか。

まずは二人を外まで見送ろうと、私もストールを羽織る。

そうして玄関へと向かう途中、廊下でジェラルドに出会《でくわ》してしまった。

「……へえ、珍しいお客様だね」

「う、うん」

ジェラルドは私の少し後ろに立つルーファスへ視線を向けると、含みのある笑みを浮かべた。

昨日、再び結婚を申し込まれ、ルーファスとの外泊を責められたばかりなのだ。

後ろめたいことはないものの、気まずさを感じてしまう。

「どうも、いつもセイディがお世話になっています」

「ああ」

ジェラルドとルーファスもそれぞれ挨拶をしたものの、やはり気まずい空気が流れていた。

「タバサの身柄を預かってくださり、ありがとうございます。近々、引き取らせていただきますね」

「はい、分かりました」

ジェラルドの言葉に対し、ケヴィン様が頷いた時だった。にこにことした笑顔を携え、やけに機嫌の良さそうなお父様が「おお、セイディ」と言ってこちらへとやってくるのが見えた。

今日は昼前から古い友人が訪ねて来ていたのは知っていたけれど、既にお酒が入っていて酔っているのか顔が赤い。

やがて私とジェラルドを交互に見やると、嬉しそうに微笑んだ。

「セイディ、どうして話してくれなかったんだ」

「えっ？」

「ジェラルド様に求婚していただいたんだろう？」

その瞬間、視界の端でルーファスの表情が変わったのが分かった。

お父様はかなり酔っているらしく、ルーファスとケヴィン様の存在には気が付いていないらしい。

「お、お父様！　そのお話はまた後にしてください。私はお客様をお見送りして来ますから！」

お父様もようやく、ルーファス達の存在に気が付いたようで。気まずそうな表情を浮かべ、慌てて挨拶をしている。

ルーファスはお父様の挨拶に対し、低い声で「はい」と呟いただけだった。

「とにかく、二人は応接間に行っていてください」

あちらから破棄されたとは言え、元婚約者の前でする話ではない。

私はお父様とジェラルドの背中を軽く押し、二人の姿が廊下から見えなくなるのを確認すると、ルーファスに向き直った。

「な、なんだかごめんね」

「……結婚を、申し込まれたのか」

「えっと、うん」

こくりと頷けば、ルーファスは傷付いたような、今にも泣きそうな顔をした。

その様子に、胸の奥がぎゅっと締め付けられる。

「受けるつもりなのか」

「それは……」

なんと答えるべきなのか、分からない。

ジェラルドと結婚をするつもりはないけれど、まだジェラルド本人にきちんと断りを入れていないというのに、先にルーファスに言うのも違う気がした。

まだ分からないと曖昧に答えれば、ルーファスは「そうか」とだけ呟き、長い睫毛《まつげ》を伏せる。

そしてそれから、ルーファスは一言も発しないまま、屋敷を後にした。


ジェラルドはこの近くに用があり、我が家の前を通りがかったついでに、お土産に貰った高級なお酒をお父様に渡して帰ろうとしたらしい。

けれど酔ったお父様に捕まってしまい、上がっていくことになったんだとか。

「ごめんね、突然押しかけちゃって。それと結婚の話は『君に何の予定もないなら、セイディはどうだ』って聞かれたから、実は求婚したところだったって話したんだ」

「そうだったんだ。こちらこそ、お父様がごめんなさい」

私が元の身体に戻った際、フォローしてくれていたジェラルドをお父様はとても気に入っているようだった。

何より私とジェラルドの仲が良いということも知っているから、私が求婚を断るつもりだとは夢にも思っていないらしい。

ルーファス達を見送った後、しばらく三人で話をしていたけれど。お父様は婚約を受ける前提で話をするものだから、かなり気まずい思いをした。

「どうしたら良いのかな……」

ジェラルドを見送った私は自室へと戻ると、ぽふりとベッドに倒れ込んだ。

先程も二人きりになった時、断ろうとしたのだ。

やはりジェラルドと結婚というのは、考えられない。

そんな私の心のうちを見透かしたらしいジェラルドは「急がなくていいから、返事はゆっくり考えてほしい」と言い、返事を聞こうとはしてくれなかった。

──長引かせて期待をさせてしまっても、私の気持ちが変わることはないというのに。

溜《た》め息《いき》を吐き、枕元にあるウサギのぬいぐるみを抱き寄せる。

この子は先日ルーファスがくれた、お詫びの品のひとつだった。

「……ふふ」

きっと、私くらいの年齢の女性に送るようなものではないだろう。

それでもルーファスが一生懸命選んでくれたことが容易に想像できて、胸の中が温かくなる。

ぬいぐるみをそっと抱きしめると、私は目を閉じた。

＊　＊　＊

帰りの馬車の中で、俺の向かいに座るルーファスは頭を抱えていた。

「どうしたらいいんだ……」

なんとか酒に関しての誤解は解けたものの、今度は彼女がジェラルド・フィンドレイに求婚されたという事実を知ってしまったのだ。

一難去ってまた一難、というのはこういうことを言うのかもしれない。

その上、相手は家族からも歓迎されているようで、彼女とも親しい間柄であることは間違いない。

家柄も容姿も十分すぎる上に、辛い経験を共にした相手なのだ。これ以上ない相手だろう。

「……終わった」

「まだ分かりませんよ」

「いや、セイディは受けるに違いない」

ルーファスは完全に終わったと絶望しているが、先ほどの様子を見る限り、可能性はまだあると俺は思っていた。

『ルーファスが私以外の女性にも好きだと言って、触れているのを想像すると、すごく嫌だったんです。だから、ほっとして……』

あの言葉は、嫉妬から来たものではないのだろうか。ルーファスに『女の人がいる場所ではお酒を飲まないでほしい』と言っていたらしいことにも納得がいく。

そう伝えれば、ルーファスはかぶりを振った。

「そんなはずはない。俺に、好かれる要素なんてない」

「そうでしょうか」

あり得ないと一蹴したルーファスも先程は一瞬だけ期待したらしいものの、冷静になるとあり得ないと判断したらしい。

日頃、誰よりも堂々としている彼がこんなにも弱気で自信を喪失している姿は、かなり珍しい。

「本当に彼女のこととなると、あなたらしくなくなりますね」

「……セイディは、特別なんだ」

とにかく元気を出すよう言い、飲みにでも行こうと誘ったところ、二度と酒は飲まない、これ以上セイディに嫌われたくないと言い、ルーファスは再び頭を抱えた。

◇第二章　誕生日パーティー

「あったよ。丁度いい薬」

前回の集まりから二週間が経《た》ち、再び五人で集まったところ、ジェラルドはそう言って小瓶をふたつ私達《わたしたち》に見せてくれた。

先日の話に出てきた『死には至らないけど、ひたすら苦しみ続ける薬』を入手したらしい。

「へー、よくそんなもの見つけてきたね」

「見つけたというか、他に同じものがあっては困るから一から作らせたんだけどね。かなりいい値段がしたよ」

特殊な調合をしているため、簡単には解毒剤を作ることはできないらしい。メイベルが苦しみ、身体《からだ》を入れ替えたいと思うくらいの時間は稼げるはずだという。

ジェラルドの持つ小瓶に入っているのは、真っ白な粉薬のようだった。

もうひとつの小瓶に入っている錠剤が、解毒剤らしい。

「けど、あの女が簡単にそれを飲むかな？」

「確かにそこが問題よね」

この二週間、エリザの身体に危険のない他の方法がないか私なりに探し、調べ、考えたけれど、やはり思いつかなかった。

ニールの言っていた通り、何のリスクもないまま解決できる問題ではないのだろう。

「全く同じ物を目の前で一緒に飲むのはどう？　それならメイベルも油断して、飲む可能性があるかもしれないし」

「確かにそうかもしれないが……誰がやるんだ？」

「私がやる」

すぐにそう言うと、隣に座っていたジェラルドが焦ったように私の肩を強く摑《つか》んだ。

「絶対にだめだ」

「どうして？　解毒剤があれば安全なんでしょう？」

「それでも、セイディはだめだよ」

「私が一番適任だよ。それにエリザだけ危険な目に遭うなんて、絶対に嫌だもの」

ここにいるメンバーでこの役をこなせるのは、私しかいない。

絶対に私がやると言って譲らずにいると、みんな納得してくれたようだった。

ジェラルドだけは、ずっと反対していたけれど。

「……あとは、メイベルに会う場を設けないとだよね」

私達があの場所に行って二人を救い出したことも、タバサを連れ出して話を聞いたことも、もちろんメイベルは知っているはずだ。

いきなり私がお茶に誘ったところで、間違いなく怪しまれるだろう。

何かいいきっかけがないだろうかと考えていると、ふと丁度いい機会があることに気が付いた。

「来月、私の誕生日なの。そのパーティーに招くのはどうかな」

「確かに一番、自然かもしれないね」

貴族として大勢を招く場であれば、彼女も貴族令嬢という立場上、参加する可能性がある。

――そうして話し合いを続け、来月我が家で開催する私の十八歳の誕生日パーティーにて、作戦を決行することになった。

パーティーの最中に主役が倒れるのだから、めちゃくちゃになってしまうに違いない。

とは言え、相手は一筋縄でいくような人間ではない。

これくらい大掛かりな方法をとっても、まだ策は足りないくらいだろう。ここからさらに細かい作戦を練った上で、両親を驚かせないよう、上手《うま》く伝えておく必要がある。

「……僕は他の方法がないか、考えておくよ」

ちなみに帰り際、薬を用意した本人であるジェラルドがそんなことを言い出して、ニールに「個人的な感情を持ち出すなよ」と怒られていた。


息抜きにティムと庭を散歩していたところ、彼は「うーん」と首を傾《かし》げた。

「お嬢様、もっと息抜きをされてはどうですか？」

「今もそのつもりだったんだけど、例えばどんな？」

「パーッと楽しいことをするとか」

どうやらずっと屋敷《やしき》に籠もってばかりいる私を、心配してくれているらしい。

ずっと奴隷のような生活をしていたせいで、未《いま》だに「息抜き」や「遊ぶ」という感覚がよく分からなかった。

こうして好きに過ごしているだけで、私にとってはこれ以上ないくらいの贅沢《ぜいたく》な時間だった。

「パーッとって、何をしたらいいの？」

「酒でも飲むとか。付き合いますよ」

「お、お酒は怖いもの」

「飲みすぎなければ、酒なんて怖くありませんよ」

それでも他の方法がいいと言えば、ティムはしばらく何かを考え込むような様子を見せた後
「あ、そうだ！」と口を開いた。

「ルーファス様と出かけてみてはいかがですか？」

「えっ？」

「ルーファス様ほどの方が傍にいれば、安心して出かけられるじゃないですか。もちろん俺もこっそり付いていってお守りしますし」

「で、でも……」

ティムは簡単にそう言うけれど、騎士団長であり次期侯爵でもあるルーファスは忙しいのだ。

そもそも、周りの目だってある。だからこそ、ルーファスをただの遊びなんかに付き合わせるのは迷惑だろうと言ったのだけれど。

「とりあえず、誘ってみればいいじゃないですか。忙しければ断られて終わりでしょうし」

「本当に？　大丈夫？」

「まあ、そんなことはあり得ないと思いますが」

ティムは絶対にルーファスが了承してくれると、信じて疑わない様子だった。

自分でも不思議なくらい、断られてしまうのが怖かった。けれど結局、二週間以上ルーファスと連絡を取っていなかったこともあり、手紙を書いてみることにした。

「ええと……もしも本当に時間があればで大丈夫なので……うーん……」

近況報告をメインにして、一番最後にさりげなく、来週時間があれば一緒にどこかへ行かないかという誘いを書《か》き綴《つづ》った。

ついそこだけ文字が小さくなってしまって、逆に目立ってしまったような気がする。

お気に入りの封筒に手紙を入れると、騎士団へと届けるよう使用人に頼んだ。

やはり迷惑だったり負担に思われたりしたらどうしようと、不安な気持ちになってしまう。

「お、送っちゃった……」

ソワソワしながら、ルーファスに貰《もら》ったウサギのぬいぐるみを抱きしめる。これから数日、返事が来るまで落ち着かない日々を過ごすことになるだろう。

けれどそれからたった数時間で、ルーファスから「いつでもどこにでも付き合う」という返事が届いたのだった。

＊　＊　＊

手紙を送ってから三日後、私はルーファスと向かい合って座り馬車に揺られていた。

私はいつでも大丈夫だと伝えたところ、ルーファスは丁度今日が休みだったらしく、驚くほどの早さで話はまとまり、今に至る。

「ルーファス、今日は来てくれてありがとう」

「ああ」

「大切なお休みなのに、付き合わせちゃってごめんね」

「いや、大丈夫だ」

私達二人が一緒にいては、間違いなく人目につく。

だからこそ、知り合いがいない所が良《い》いだろうとルーファスが選んでくれたのは、王都を出てすぐの小さな街だった。

そこで一日、のんびり過ごすことになっている。

ちなみにティムはというと、馬に乗り後方から付いて来てくれていた。

一緒に馬車に乗れば良いのに、と言ったところ「馬に蹴られたくないので」という返事をされた。

どういう意味なのか分からずルーファスに尋ねたところ、何故《なぜ》か咳《せ》き込《こ》んでいた。

「今日ね、すごく楽しみにしてたんだ。昨日はワクワクしてあまり眠れなかったくらい」

「……そう、なのか？」

「うん」

先日、街中でノーマンの身体を乗っ取った男に襲われてからというもの、こうして遊びに出かけるのは初めてだった。

不安はあったけれど、ルーファスと会った瞬間そんな気持ちは吹き飛んでいた。

ルーファスと一緒にいると、とてもほっとする。

「それに、ルーファスとこうして出かけるのは大司教の――」

「………」

そうして何気なく、最後に出かけた日のことを口にした私は、慌てて口を噤《つぐ》んだ。あの晩のことを思い出してしまい、顔が熱くなる。

思わず「ごめんなさい」と呟《つぶや》けば、顔が赤いルーファスもまた「すまない」と呟いた。

何とも言えない気まずい空気が流れる中、何か別の話題をと頭を必死に回転させる。

「あの、ルーファスは何でも似合うね。格好いい」

今日はあまり目立たないよう、お互い軽装だ。

私は裕福な平民の女の子がテーマらしく、ハーラはシンプルながらも可愛《かわい》くしてくれた。

ルーファスはと言うと、簡素な服装でも高貴さが滲《にじ》み出《で》ていて、とても平民には見えない。

けれどいつも会う時は正装か騎士服だから、今日の彼は堅苦しい感じがなく、本当に遊びに行くのだという感じがする。

「お前も、か、かわ……」

「かわ？」

「か、川が好きか？」

「実は私、行ったことがないから分からないの。も、ってことはルーファスは川が好きなんだね」

「…………そうだ」

ふと窓の外へと視線を向けると、川と呼べるか怪しい水がちょろちょろと流れている。

私は今のルーファスのことをほとんど知らないなと改めて実感しながら、今日はたくさん話ができたらいいなと思った。

「今日はよろしくお願いします」

「ああ」

そうして、私達の一日は幕を開けたのだった。


やがて目的地へと到着し、ルーファスの案内のもと、街中をゆっくり散策することにした。

小さな古びたお店が立ち並ぶ商店街では、みんな通りがかる私達に気さくに声をかけてくれて、嬉《うれ》しくなる。

悪女時代の悪評が流れすぎている王都では、あり得なかった光景だった。

何もかもが新鮮でつい浮かれてしまう私を見て、ルーファスは不思議そうな顔をしている。

「歩いているだけで、そんなに楽しいのか？」

「うん。すごく」

「……そうか」

そう言って目を伏せたルーファスはとても悲しげで、また気を遣わせてしまったと反省した。

この程度で喜ぶような暮らしをしていたことを、気の毒に思ってくれているのだろう。

「何か欲しいものはないか？」

「欲しいもの……あ、あのお店見てもいい？」

「ああ」

辺りを見回し、ふと気になった雑貨屋へと足を踏み入れた。店内に入った瞬間、不思議な良い香りが鼻をくすぐる。

狭い店内にはぎっしりと商品が並んでいて、見たことのない珍しいものばかりで胸が弾む。

ルーファスの隣で可愛らしい人形に見惚《みと》れていると不意に、背中越しに声をかけられた。

「おや、デートかい。お似合いの恋人同士だねえ」

「えっ？　デ、デート……恋人……」

振り返った先には店員らしきおばあさんがいて、微笑《ほほえ》ましいと顔に書いてある。

全く意識していなかったものの、傍から見ると私達はそんな風に映るようで、顔にじわじわと熱が集まっていく。

ちらりとルーファスを見上げると、不思議な方向を見ていてこちらから表情は見えない。彼にも聞こえていたはずだけれど否定をしなかったため、私もそのまま笑顔で誤魔化してしまった。

「何か探してるのかい？」

「この街に来た記念になるものとか、ありますか？」

「記念？　まあ、若い男女に人気なのはこれさね」

そう言っておばあさんが指を指したのは、可愛らしい色違いのペアのネックレスだった。

この街の近くで採れるらしい色違いの石は、小窓から差し込む日の光を受けて輝いており、とても綺麗《きれい》だ。じっと見ていると、ルーファスに「欲しいのか？」と尋ねられた。

「その、素敵だなって思って」

「分かった」

するとルーファスは当たり前のように、赤と青のふたつを手に取る。

そしてそのまま支払いを済ませ、ひとつを私に手渡してくれた。

「あ、ありがとう……！」

「ああ」

「もしかして、ルーファスも着けてくれるの？」

「嫌か？」

「ううん、むしろ嬉しい。本当にありがとう！」

もしもルーファスが何かを買ってくれた時には、お金を払うなんて言わずに「ありがとう」と言って受け取るだけでいいと、ティムから言われていた。

「……本当に嬉しい、なあ」

ぎゅっと赤い石のついたネックレスを握りしめる。不思議なくらい、嬉しくて仕方なかった。

胸の奥が温かくなり、ずっとずっと大切にしようと誓う。

「二人で身に着けていると、結ばれるって話があるんだよ。お幸せにね」

「えっ」

「………………」

店を出る際そんな話を聞いてしまい、なんだか気まずくなってしまった私達はお互い俯《うつむ》いたまま、しばらく言葉を交わすことはなかった。

その後は近くにあった、お洒落《しゃれ》な雰囲気のレストランに入った。二階の見晴らしの良い席に向かい合って座り、昼食をとった。

店員のおすすめの品を適当に頼んだけれど、想像以上に美味《おい》しくて驚いてしまう。

「美味しいね」

「ああ」

相変わらず、盛り上がっているとは言えない会話ばかりだったけれど楽しくて、私はずっと笑顔だったように思う。

ふとグラス片手に窓の外へ目を向ければ、美しい景色が広がっていた。

「ねえ見て、ルーファス。お花畑がある！」

その中でも一際目を引く色とりどりの花畑を見つけた私はつい、はしゃいでしまう。

子供っぽいと思われただろうかと不安になったけれど、ルーファスはすぐに「食事を終えた後に行ってみるか？」と尋ねてくれる。

「うん！　ありがとう」

私は何度も頷《うなず》き、感謝の言葉を紡いだ。

お腹《なか》いっぱいで幸せな気持ちのままレストランを出て、二人並んで小道を歩いていく。

やがて辿《たど》り着《つ》いた花畑は、桃色や空色、黄色など、花々が色を競うようにして咲いており、思わず溜《た》め息《いき》が漏れてしまうくらいに美しかった。

「わあ、綺麗……！」

私は昔から花が好きで、子供の頃にはよく花畑に行っていた記憶がある。けれど元の身体に戻ってから、こういったところに来るのは初めてだった。

「でも、少し元気がないように見えるわ」

「ここ最近、雨が降っていないからかもしれないな」

近くで見てみると、花の頭が下を向いてしまっているものも少なくない。

水が不足しているからだと知った私は「そうだ」と呟くと、両手を広げた。

「どうか、元気になりますように」

水魔法を使い、私とルーファスの周りに咲く花々に水を降らせていく。

ラモーナ先生に指導してもらったお蔭《かげ》で、以前よりも上手く使えるようになった気がする。

そんな私をルーファスは柔らかく目を細め、見守ってくれていた。

やがて十分に水が行き渡ったかどうか確認しようと、桃色の花を指先で撫《な》でてみる。

「……お前らしいな」

「私ね、この花が好きだったの」

「ああ、知ってる」

するとルーファスは、ひどく優しい笑みを浮かべた。子供の頃はルーファスともこうしてよく、彼の屋敷の近くの花畑で遊んだ記憶がある。

そして無意味だと分かっていても、もしもあんな目に遭わなければ違う今があったのだろうか、

だろうかと。

と考えてしまう。

——あの日身体を奪われたりなんてしなければ、私は今、もっとルーファスの近くにいられたの

「……っ」

いつの間にかそんなことを考えてしまっていた私は、慌てて首を左右に振った。

せっかくの楽しい一日を、暗いことを考えて台無しにしてはもったいない。

慌てて笑顔を作り、顔を上げる。するとまっすぐに私を見つめるルーファスと視線が絡んだ。

彼の深い夜のような瞳も、私は昔から好きだった。

「どうかした？」

「綺麗だ」

「ね、本当に綺麗だよね」

ルーファスも花が好きだったっけ、なんて考えながら頷けば、彼は「そうじゃない」と呟いた。

「セイディが、綺麗だと思ったんだ」

「——え」

予想外の言葉に、心臓が大きく跳ねる。

嬉しいのに何故か泣きたくなって、胸が締め付けられるように苦しくなる。

こんな感覚を、感情を、私は知らない。

ルーファスも照れているのか、長い睫毛《まつげ》を伏せた彼は耳まで赤くて、余計に落ち着かなくなる。

「あ、ありがとう。嬉しい」

「……ああ」

「今日こうして出かけられたのも、すごく嬉しい」

「そうか。護衛として役立てたのならよかった」

「えっ？」

どうやらルーファスは、護衛として私の付き添いをしていると思っているようだった。

ルーファスと一緒なら安心だという気持ちはあったけれど、それは口実に過ぎない。

だからこそ、私はすぐに「違うよ」と否定した。

「私はただ、ルーファスと出かけたかったの。本当にそれだけ」

するとルーファスは驚いたように両目を見開き、やがて「そうか」と子供みたいに笑った。

笑ってくれたのが嬉しくて、やっぱり私もつられて笑顔になってしまう。

「……あれ、上手くできない」

それからはぽつりぽつりと他愛のない話をしながら、昔みたいに花で指輪を作ってみることにした。

けれど久しぶりなせいか、なかなか上手くできない。

そんな私の手からそっと花を取ると、ルーファスはあっという間に指輪を完成させた。

昔から器用だったことを思い出し懐かしく思っていると、ルーファスに貰った魔道具の指輪をしていない方の指に、嵌《は》めてくれた。

――あれ、この場面、覚えがある。

「もしかして前にもこんなことがあった？」

「俺は、ずっと――」

けれどルーファスはそこまで言うと、口を噤んだ。

ぼんやり思い出した記憶の中の小さなルーファスは幸せそうに微笑んでいたのに、今の彼はどこか寂しげで、切なげな顔をしている。

その続きを聞くのは、何となく憚《はばか》られた。


それからも屋敷に戻るまでずっと、ルーファスは私が楽しめるよう取り計らってくれた。

「色々なお店があって、とても楽しかった。ありがとう」

「もっと賑《にぎ》わっている街もある。次はそこに行ってみてもいいかもしれない」

「……次も一緒に行ってくれるの？」

そう尋ねれば、ルーファスはハッとしたように口元を手で覆う。

「いや、お前が嫌なら俺は――」

「ううん、行きたい！　すごく行きたい」

「……そうか」

そして帰り際には次の約束までできて、最後まで本当に楽しくて幸せな一日になった。

＊＊＊

翌日、ジェラルドが私の大好きなお菓子や花を持って我が家を訪れた。こんなにたくさんは申し訳なくて受け取れないと言っても、彼は近くにいた使用人に全て渡してしまう。

ひとまず私の部屋へ通し、メイド達にお茶の準備をしてもらう。

「ごめんね、いきなり」

「ううん」

そうは言ったものの、最近のジェラルドは約束もなしに我が家へ来ることが多く、内心は少し戸惑っていた。

私は基本的に屋敷から出ないし何か予定があるわけではない、けれど。

「実は昨日も会いに来たんだけど、セイディは留守だったね」

「え、ええ。少し出かけていたの」

「……へえ？　そうなんだ」

こうして私が屋敷にいなかった場合、何故か責められるような気分になるのも苦手だった。

「誰と出かけたの？」

「その、友達と……」

「ふうん、友達ね」

納得していない様子のジェラルドとの間には、気まずい空気が流れる。

やがて紅茶を飲み終え「今日はプレゼントを渡しに来ただけだからまた来るね」と立ち上がった
ジェラルドを、私は慌てて引き止めた。

「……セイディ？」

両手をきつく握り、深呼吸をする。

そして私はジェラルドを見上げ、静かに口を開いた。

「私、ジェラルドとは結婚できない。……本当に、ごめんなさい」

子供の頃からジェラルドの存在には何度も助けられてきたし、友人としても大好きだった。

それでもやはり、結婚は考えられない。

――昨日ルーファスと過ごすうちに、改めてそう強く思った。

だからこそ、次にジェラルドに会ったら必ず断ろうと決めていたのだ。

「…………」

「…………」

重く苦しい沈黙が続く中、ジェラルドの手がこちらへと伸びてくる。

先日、押し倒された時のことを思い出し、つい身構えてしまったけれど、ぽんと軽く肩に手を置かれただけだった。

そしてジェラルドは「そっか」と呟き、眉尻を下げて困ったように微笑んだ。

「分かったよ。無理を言ってごめんね」

「う、ううん、ありがとう。ジェラルドの気持ちは本当に嬉しかった」

「良かった。こちらこそありがとう、セイディ。今後も友人として仲良くしてくれたら嬉しいな」

そんな言葉に、私は内心ほっと胸を撫で下ろした。

やはり、先日は少しだけ様子がおかしかっただけで、ジェラルドは私の知っている優しいジェラルドのままだったのだ。

「こちらこそ、これからもよろしくね」

――私は結局、ジェラルドのことを、何ひとつ知らなかったというのに。

＊＊＊

ある日の昼下がり、私は我が家の庭園でエリザとノーマンと共にのんびりとお茶をしていた。

二人もだいぶ伯爵邸での暮らしに慣れてきたようで、健康的な体型になってきている。もちろんノーマンの本当の身体も、ジェラルドが健康管理を徹底してくれているらしい。

「もうすぐセイディの誕生日ね」

「うん。二週間後だけど、なんだか緊張しちゃう」

「あのセイディがもう十八歳になるのか。俺の中ではまだまだ小さな子供なんだけどな」

「ふふ、ノーマンは本当にお兄ちゃんみたいだね」

——実は先日、ニールとノーマンと三人で、ジェラルドの屋敷で保護されている、ノーマンの身体を奪った男に会いに行ったけれど、部屋の隅で怯《おび》えてばかりでまともに顔すら見られなかった。

以前、私を襲った時とはまるで別人で、不気味なくらいだった。

『……お前、こんなになるまで何をしたわけ？』

『分かってるくせに、ニールも意地が悪いなあ』

そう言ってジェラルドはニールの肩を叩《たた》いたものの、思いきり振り払われていた。

『まあまあニール、俺はしっかり治してくれているならいいさ』

『ほら、優しいノーマンはこう言ってくれるって僕は信じていたんだ』

『俺には心底理解できないよ。セイディは文字通り理解できていないみたいだけど』

『…………？』

私ひとりだけ会話に混ざれず、少し寂しい思いをした記憶がある。

「でも本当に誕生日に実行するの？　せっかくのお祝いなのに」

「そもそも、心から私をお祝いに来てくれる人なんて少ないもの」

エリザは誕生日パーティーの日に、メイベルを罠《わな》に嵌めることを気にしてくれているようだった。

とは言え、タバサによる悪評のせいで、いくら招待状を送ったところで私の誕生日パーティーに参加する人間など限られているし、その大半も上辺だけの付き合いだろう。

家族や友人達は別に改めてお祝いしてくれることになっているし、それだけで十分だ。

ちなみに両親には犯人を捕まえるため、薬を飲んで苦しむふりだけすると話してある。かなり迫真の演技をするつもりだとは言ってあるけれど、我ながら無理がある設定だとは思う。

それでも今のところは納得してくれているようだった。

「ルーファス様は招待しないの？」

「うん。そもそも、ルーファスは表で私と関わらない方がいいから。招待状も送らないし、今回の作戦についても言わないでおくつもり」

社交界では未だに、私の悪評は広まり続けているらしい。ルーファスを呼んでは、彼やラングリッジ侯爵家に迷惑をかけるだけだろう。

それにいくら説明をしていたとしても、私が倒れる姿を見ればひどく心配するはず。そもそもルーファスなら、そんな危険なことはするなと止めそうだ。

「……仕方のないことだもの」

──本当は、ルーファスにもお祝いしてもらいたいという気持ちはある。

けれどそんな我《わ》が儘《まま》を言ってはいけないことも、今はそんな状況ではないことも分かっていた。

「ふふ、そのネックレスは本当にお気に入りなのね」

エリザがくすりと笑ったことで、無意識のうちに首元のネックレスに触れていたことに気が付く。

これは先日、ルーファスと出かけた時に買ってもらったものだ。

あれから毎日、肌身離さず身につけている。

「ルーファス様とお揃《そろ》いなんでしょう？　素敵ね」

「うん、色違いなんだ」

「セイディったら、本当に可愛いわね。女の子の顔をしてるわ」

「そ、そんな顔をしてる……？」

エリザは嬉しそうに微笑み、私の頭を撫でた。その隣では、ノーマンもうんうんと頷いている。

「早く全て解決して、ルーファス様と堂々と会えるようになるといいんだけど……」

「ありがとう、エリザ。二人のためにも絶対に作戦を成功させなきゃ」

失敗すれば相手はさらに警戒を強めるだろうし、チャンスは有限だろう。だからこそ、誕生日パーティーの日に必ずメイベルを罠に嵌めなければ。

「ノーマンったら、寂しそうな顔をしているじゃない。セイディはいつもノーマンの後を付いて回っていたものね」

「ああ。だが、二人はとてもお似合いだと思うぞ」

「えっ？　お、お似合いだなんて……」

別に私とルーファスは、そういう関係ではない。むしろ婚約破棄までしたのだから、誰よりもそういったことには縁遠いはず。

けれど、雑貨屋のおばあさんにも「デート」「恋人同士」なんて言われたことを思い出し、なんだか落ち着かなくなってしまったのだった。

＊　＊　＊

そしてあっという間に、誕生日パーティー当日を迎えた。

今日で十八歳になったという実感はまだまだ湧かないけれど、朝から両親や友人達、使用人のみんなが「おめでとう」と声をかけてくれ、温かい気持ちになっていた。

あの村では日付感覚はほとんどなく、誕生日を祝うなんてこともできなかったのだ。

それでも年に数回、看守の機嫌の良い時にその日の日付を聞いては、お互いに「何歳になったね」なんて確認をしていたことを思い出す。

「セイディお嬢様、本当に本当にお綺麗ですわ……！」

ハーラやメイド達が腕によりをかけて着飾らせてくれており、全身鏡に映る私は思わず見惚れてしまうくらいに綺麗で、子供の頃に読んだ絵本のお姫様みたいだった。

外部には漏れないよう、今回の作戦については私達と両親の間に留《とど》めている。そのため、途中でパーティーが台無しになることを彼女達は知らないのだ。

「素敵なお誕生日になりますように」

「……ええ、ありがとう」

心からそう祈ってくれているのが伝わってきて、ずきりと胸が痛んだ。

「それにしてもこのドレス、すっごく素敵ですよね。さすがル――」

「ちょっと、ダメよ！」

「あ、やだ！　ごめんなさい」

「…………？」

そんなやりとりをした後、メイド達は慌てて部屋を出て行ってしまう。

不思議に思いつつ、改めて色とりどりの小さな花がちりばめられた美しいドレスを見つめる。

「本当に綺麗だわ。お花畑みたい」

ドレスの花とお揃いの飾りが髪にもちりばめられていて、本当に可愛らしい。

いつの間にか用意されていたこのドレスは今まで見た中で一番素敵で、胸が弾む。薬を飲んで倒れた後も汚さないよう、気を付けなければ。

浮かれる気分を抑えられず、姿見の前でくるくると回っていると、ドアが二回叩かれる。

「セイディ、入っても大丈夫？」

「うん。どうぞ」

そう返事をすれば、エリザとノーマンが部屋の中へと入ってきた。

二人は恥ずかしくなるくらいに褒めちぎってくれて、くすぐったくなる。ちなみに二人は今日、屋敷内で待機してもらうことになっていた。

「ねえ、セイディ。このまま私達に付いてきてくれる？」

「えっ？　もちろんいいけど……」

エリザは突然私の手を取り、部屋を出て長い廊下を歩いていく。ノーマンも私達の少し後ろを、笑顔で付いてきている。

屋敷の中央階段を降り、一階の廊下をエリザはなおも進んでいくけれど、どこに向かっているのかさっぱり予想もつかない。

「エリザ、どこへ行くの？」

「……ねえ、セイディ。今の私達はお金も何もなくて、プレゼントも用意できなくてごめんね」

「いつも良くしてくれているのに、本当にすまない」

「そ、そんなこと気にしないで！」

手を引かれながら、謝らないでほしいと必死に訴える。

エリザとノーマンが置かれている状況を考えれば当然だし、私はこの十年間、二人には数えきれないくらいに助けてもらってきたのだから。

「それでも、俺達がセイディのために何かできることはないかと考えたんだ」

やがて二人は、応接間の前で足を止めた。

「十八歳のお誕生日、おめでとう」

「大好きよ、セイディ」

そんな言葉と共にノーマンが扉を開け、そっとエリザに背中を押される。

そして部屋の中へと足を踏み入れるのと同時に、背後でドアが閉まる音がした。

「えっ？　どうして――」

戸惑いながら振り返ろうとした私は、部屋の中に先客がいることに気が付く。

そしてその人物の顔を見た瞬間、私は息を呑《の》んだ。

「……ルーファス？」

見間違えるはずなんてないルーファスその人が、部屋の中央にあるソファに腰掛けていたのだ。

なぜルーファスが今ここにいるのか分からず、困惑する私を見て彼は小さく微笑むと、立ち上がりこちらへとやってくる。

やがて私の目の前まで来ると、ひどく優しい声で「セイディ」と名前を呼んだ。

それだけで、どうしようもなく心臓が跳ねてしまう。

「ど、どうしてここに？」

「あの二人が呼んでくれたんだ。パーティーには参加できなくとも、セイディを祝ってほしいと」

「エリザとノーマンが……」

「ああ」

本当はルーファスにもお祝いしてほしいという気持ちが、バレてしまっていたのだろう。

二人の先程の言葉を思い出し、嬉しくて愛《いと》しくて、泣きたくなった。

「セイディ、誕生日おめでとう」

ルーファスはそう言って、手に持っていた大きな花束を渡してくれる。色とりどりの花は私の好きなものばかりで、余計に視界がぼやけていく。

まさか今日、ルーファスに祝ってもらえるなんて思ってもみなかった。

「ありがとう。すごく嬉しい」

「そうか」

「ほ、本当に本当に、嬉しい……」

「……良かった」

最高のプレゼントだと、エリザとノーマン、そしてルーファスに心から感謝した。後でハーラにお気に入りの花瓶に生けてもらおうと思いながら、花束をそっと近くのテーブルの上に置く。

「良かったら座って少し話をしたいんだけど……」

「ああ。ただ十五分ほどしか時間がないと聞いている」

誕生日パーティーはもちろん、ニールやジェラルドと例の作戦の最終確認など、開始ギリギリまですべきことがたくさんあった。

「それなのに、わざわざ来てくれてありがとう」

「いや、俺は顔が見られただけで十分だ。そのドレスもよく似合っている」

そんな言葉に、とくとくと心臓が早鐘を打っていく。今日のルーファスはなんというか、いつもよりも甘い気がする。

並んでソファに座り、お茶を用意する時間すらないことを謝りながらも、浮かれてしまっていた私は「嬉しい」ばかりを繰り返していた。

ルーファスは「そうか」と柔らかい笑みを浮かべ、ずっと私の話を聞いてくれている。

「何か欲しいものはないか？」

「ううん、もう十分だよ。一番欲しいものを貰ったもの」

「……一番欲しいもの？」

「うん。ルーファスにお祝いしてもらえるのが、一番嬉しい」

つい思ったことをそのまま口に出してしまい、私は慌てて口を噤む。なんだか重いと思われてしまいそうだ。恥ずかしくなり、今のは忘れてほしいと言おうとした時だった。

「――――」

ぐいと腕を引かれ、気が付けばルーファスに抱きしめられていた。

優しい香りと温かい体温に包まれた私は息をするのも忘れ、固まってしまう。

「……っ」

なぜルーファスがこんな行動をとっているのかは分からないけれど、やっぱり嬉しくて。やがて身体の力を抜いて身を委ねた瞬間、ルーファスはぱっと私から離れた。

「と、突然すまない。俺はなんてことを……」

「い、いいえ」

ひどく動揺した様子のルーファスは顔を片手で覆ったけれど、耳まで真っ赤だった。きっと顔だけでなく全身が火照っている私も、同じくらい赤くなっているに違いない。

そんな中、ルーファスは慌てたように顔を上げると、真剣な表情を浮かべて私を見た。

「今は酒を飲んでいないし、誰にでもこんなことをするわけじゃない」

「ふふ」

先日の件を気にしているらしく、流石《さすが》に私でもそれは分かる、とつい笑みがこぼれる。

それからは苦痛ではない――むしろ穏やかで優しい沈黙が私達の間には流れていたけれど、時計へ視線を向けたルーファスが「そろそろ時間だな」と呟いたことで、それも終わりを告げた。

「玄関まで送るね」

「すまない」

寂しい気持ちを笑顔で隠し、ソファから立ち上がろうとすると、ルーファスがそっと手を差し出してくれた。大きくて温かい彼の手を取るだけで、また心臓が跳ねる。

「ルーファスはこの後、予定があるの？」

「午後から騎士団で仕事だ」

「そっか」

部屋を出て廊下を歩いている間も、その手は繋《つな》がれたまま。すれ違う使用人達がみんな優しい視線を向けてくるのもまた、恥ずかしくて落ち着かなくて仕方なかった。

あっという間に玄関へと着いてしまい、静かに手が離される。

「改めて、誕生日おめでとう」

「今日は本当にありがとう。気を付けて帰ってね」

「ああ。楽しんでくれ」

そう言って微笑んだルーファスはもちろん、私がこれからあの薬を飲むなんて知る由もない。

——無事に全てを終えた後は、またルーファスとゆっくり話がしたいし、先日約束した場所にも一緒にまた出かけたい。

遠ざかっていく彼の乗る馬車を見送りながら、強くそう思った。


屋敷の中へと戻り広間へと向かうと、そこにはエリザとノーマンの姿があり、私は駆け寄ると両腕を伸ばして思いきり抱きついた。

二人もきつく抱きしめ返してくれて、自然と笑みがこぼれる。

「おかえり、セイディ」

「ふ、二人ともありがとう……！　本当に嬉しかった！」

「喜んでくれて、俺達も嬉しいよ」

何度もお礼を伝えれば、二人も自分のことのように喜んでくれて、本当に幸せだと実感した。

「それにしても、本当に素敵なドレスだな。セイディが着ると花の妖精みたいだ」

「ありがとう。お父様が用意してくれたのかな」

「えっ？　ルーファス様よ。聞いていない？」

「……うそ」

先程、ルーファスはよく似合っていると褒めてくれたけれど、そんなことは言っていなかった。

ルーファスらしいと思いつつ、このドレスが余計に大好きで大切になっていく。

次に会った時にドレスのお礼もしようと思っていると、メイドによってジェラルドとニールの来訪を告げられた。

二人はパーティーの招待客として参加し、私のフォローをしてくれることになっている。

やがて広間にやってきたジェラルドは大きくて素敵な花束を、ニールはプレゼントだという可愛らしい箱を手渡してくれた。

「セイディ、誕生日おめでとう。すごく綺麗だ」

「ありがとう」

「わあ、本当にお姫様みたいだね」

それからは、メイベルに薬を飲ませる手筈《てはず》の最終確認をした。安全なものだと分かっていても、私も苦しむことに変わりはない。

つい緊張してしまっていると、ジェラルドが私の背中を撫でてくれた。

「大丈夫だよ、僕達もついているから」

「……うん。そうよね」

やっぱりジェラルドには何でもお見通しらしく、付き合いの長さを実感する。

そろそろ会場へと向かおうとしたところ、ルーファスに貰ったネックレスを自室のテーブルの上に置きっぱなしだったことに気付く。

今日のドレスとは合わないため、着替える前に外していたのだ。なくなる可能性は低いけれど、大切なものだからこそ不安だし、万が一ということもある。

自室に寄ってジュエリーボックスにしまってから、会場へと向かうことにした。

「ごめんなさい、私は自室に行ってから会場に向かうわ」

「僕も一緒に行くよ」

するとジェラルドが「セイディは抜けているところがあるし、途中で転んで怪我《けが》をしたりドレスが汚れたりしては困るから」と、付き添いを申し出てくれる。

私としては断る理由もなく、お願いすることにした。

「今日もここへ向かう途中、ニールが僕じゃなく可愛いパートナーがよかったって言い出してさ」

「もう、ニールってば」

二人で廊下を歩きながら他愛ない話をするジェラルドはいつも通りで、ほっとする。求婚は断ってしまったけれど、友人としてこれからも仲良くしていけるのなら良かった。

「……よし」

部屋に着いた後はネックレスを大切に箱にしまい、入り口にいたジェラルドの元へと戻る。

お礼を言うと、ジェラルドは「セイディ」と私の名を呼んだ。

「もしかして、さっきルーファス・ラングリッジと会った？」

「う、うん。少しだけお祝いをしにきてくれたんだけど、どうして分かったの？」

「セイディから、あいつの匂いがしたから」

笑顔でそう告げられ、どきりと心臓が大きく跳ねた。

抱きしめられた時に、ルーファスの香水の香りが移ったのだろうか。

「……ごめん、なさい」

気まずさや申し訳なさに耐えきれなくなった私はつい、謝罪の言葉を口にする。

けれどジェラルドは笑顔のまま、私の頬をするりと撫でた。

「いや、僕としても良かったよ」

「えっ？」

「躊躇《ため》いがなくなった」

その言葉の意味が分からず戸惑う私に、ジェラルドは手を差し出してくれる。

「急いで戻ろう。もうすぐ開始時間だ」

「うん」

重ねたジェラルドの手のひらはとても冷たくて、ぞくりと鳥肌が立った。

＊　＊　＊

「セ、セイディ様、お誕生日おめでとうございます……！」

「ありがとうござ――」

私の返事を聞き終えないうちに、気弱そうな令嬢は俯き逃げるように去っていく。

誕生日パーティーが始まったものの「一応は出席し、お祝いだけ言いにきました」というのが丸分かりな参加者の多さに、苦笑いを浮かべずにはいられない。

「……はあ」

今日はいつも以上に、セイディ・アークライトの嫌われっぷりを実感していた。その結果、誰とも会話が広がらず、社交の場にまだ慣れていない私にとってはある意味、楽ではあった。

ニールやジェラルドも、自然な様子で他の参加客と交流をしている。

二人が近くにいてくれるだけで、とても心強い。

そんな中、会場の一部が騒がしくなる。

視線を向けると、そこにはエリザの身体に入ったメイベルの姿があった。

社交界の花と呼ばれる彼女の登場に男性は浮き足立ち、女性は憧憬の眼差《まなざ》しを向けている。

「エリザ様だわ！　なんてお美しいのかしら」

「ええ、本当に」

誰よりも淑女らしい振る舞いをし、美しい笑みを浮かべる完璧な姿からは、元々はタバサ達と同様の暮らしをしていたなんて想像もつかない。

貴族令嬢の鑑《かがみ》とまで言われるようになるには、一体どれほどの努力を重ねたのだろう。そんなことを考えると、やるせない気持ちになる。

やがて私の元へやってきたメイベルは、桃色の瞳を柔らかく細めた。

「遅くなってごめんなさい、お誕生日おめでとう」

「ありがとう。来てくれて嬉しいわ」

今日まで何度もメイベルに会った時のことを頭の中でイメージしていたものの、いざ目の前にすると身体が強張《こわば》り、心臓が早鐘を打っていく。

いつも通りでいなきゃと分かっていても、怒りや恐怖など様々な感情が胸の奥から溢《あふ》れてくる。

「今日ね、貴女《あなた》に会えるのをとても楽しみにしていたの」

間違いなく、私が正体に気が付いていることだって知っているはず。それなのにこうしてあっさ

りと招待に応じ、いつもと変わらない様子でいるメイベルの度胸や自信は不気味だった。

「ふふっ、ドレスもよく似合っていて素敵だわ」

メイベルは楽しげに笑うと指先で私の顎に触れ、くいと軽く持ち上げる。

つい振り払いそうになったのを、すんでのところで堪えた。

「本当に貴女は綺麗ねえ」

彼女が一体何を考えているのか、私には分からない。分かりたくもなかった。

込み上げてくる怒りを必死に隠し、笑顔を返す。

まだ作戦は始まってすらいないのだから、こんなところでつまずくわけにはいかない。

「あなただって、とても綺麗よ」

「嬉しいわ。ありがとう」

「今日は楽しんでいってね」

メイベルは「ええ」と頷くと、美しいブルーのドレスを翻し人混みの中へ向かっていった。

誰もが彼女の姿を見るなり嬉しそうな笑みを浮かべ、輪の中に迎え入れている様子は、私よりもずっと主役らしい。

小さく溜め息を吐いていると、後ろから軽く肩を叩かれた。

「セイディ、大丈夫だった?」

「うん、何とか。いつも通りすぎて怖くなっちゃった」

すぐに側へやってきてくれたジェラルドに、ジュースの中に果物が入ったグラスを手渡される。

ジェラルドは「これには何も入っていないから安心して」なんて冗談を言うものだから、思わず笑みがこぼれた。

「今から三十分後に、給仕を向かわせるよ」

「うん、分かった」

いよいよ作戦開始だと思うと、緊張してしまう。

私が少しでも動揺したり妙な様子を見せたりすれば、勘のいいメイベルは絶対にグラスに口をつけないだろう。

しっかりしなければと、私はぎゅっと手のひらを握りしめた。

「ねえ、セイディ。君こそいつも通りだけど怖くないの？」

「そう見える？」

「うん。すごく自然だったよ」

「痛いのは嫌だけど、怖くはないかな。だって、ジェラルド達が付いていてくれるもの」

するとジェラルドは一瞬、両目を見開き、やがて今にも泣き出しそうな顔をした。

「――セイディは、本当に良い子だね。自分が嫌になるよ」

「えっ？」

「ごめんね」

ジェラルドが何に対して謝っているのか分からず、首を傾げる。

そんな私に向かってジェラルドは困ったように微笑むと、準備をしてくると言い、去っていく。

「……よし」

とにかく今は集中しなければと頰を両手で叩き、両親の元へと向かう。

「苦しんでいても本当に大丈夫なので、心配しないでくださいね。あ、演技では驚いてください」

「ええ、分かったわ」

「無理はするなよ」

「はい。ありがとうございます」

こんな素敵なパーティーを開いてくれたのに、これから全て台無しにしてしまうと思うと、申し訳なくなる。それでも二人は「いつだってセイディの味方だから」と、サポートしてくれた。

全ての準備が整い、深呼吸するとメイベルの元へと向かう。

彼女は私の姿を見るなり、親しい友人へ向けるような柔らかな笑顔を浮かべた。

「あら、来てくれたのね。とても素敵なパーティーで、楽しく過ごさせてもらっていたの」

「それは良かった、私も嬉しいわ」

当たり障りのない話をしばらくした後、私はタイミングを見計らって、小さく右手を上げた。

「喉が渇いたから、グラスをふたつくれる?」

「かしこまりました」

怪しまれないよう、給仕は私達の目の前でボトルの中身をグラスに注ぐ。給仕はやがてグラスをふたつ差し出すと、そのうちのひとつを手に取るようメイベルに選ばせた。

メイベルが給仕からグラスを受け取った後、私もまたもう一方を受け取る。

そしてグラスを傾けると、彼女に向けた。

「乾杯しましょう？」

「もちろん。――セイディのお誕生日を祝って、乾杯」

軽くグラスを合わせた後、口をつける。

薬の効果が出るのは数分後のため、今すぐに苦しむことはない。

しっかりと飲むところを彼女に見せれば、彼女もグラスに口をつけた。彼女の喉が動きグラスの中身が減ったのを確認し、内心ほっと胸を撫で下ろす。

後は、効果が出るのを待つだけだ。

「っ……う、あ……」

「セイディ？」

数分後、どくんと心臓が大きく波打った。

想像していた数倍の苦しさや痛みに襲われ、涙が溢れてくる。

息がまともに吸えず、喉からはひゅっという音が漏れた。やがて立っていられなくなった私を、駆けつけたジェラルドが支えてくれる。

身体に害はなく命に問題がないなんて信じられないくらい、痛くて苦しくて辛《つら》くて、頭がおかしくなりそうだった。

「はっ……はあ……」

少し遅れてメイベルも喉元を押さえ、苦しみ始めたのを確認した私は、少しでも痛みを逃そうときつく目を閉じた。

これほどの苦しみならば、メイベルも今の身体を捨てたいと思うに違いない。

「きゃあああ！」

「おい！　早く医者を呼べ！」

会場は騒然となっているようで、大きなどよめきが聞こえてくる。

後はこのまま自室へと運んでもらい、解毒剤を飲むだけだ。それまではなんとか耐えようと思っても、だんだんと意識が朦朧《もうろう》としてきて冷や汗が止まらない。

今すぐに心臓を止めてほしいと思うくらいの苦痛が続き、口からは自身のものとは思えない叫び声が漏れた。

ジェラルドの声が、遠ざかっていく。

「――様、っエリザ様！　大丈夫ですか！」

ほんの少しだけ痛みが楽になったと思った途端、すぐ側でそんな声が聞こえた。

ジェラルドに抱き抱えられていたはずなのに、今はやけに細い腕の中にいるような気がする。

違和感と胸騒ぎがした私は意識が遠のいていく中、目を開ける。
そうして目の前の光景を見た瞬間、息を呑んだ。
ぼやける視界の中には、私の姿があった。

◇第三章　閉ざされた未来

割れそうなくらい、頭が痛い。

ゆっくりと浮上していく意識の中で、一番に思ったのがそれだった。

「……っ、う」

「──セイディ、目が覚めた？」

薄く瞼《まぶた》を開ければ、眩《まぶ》しい金髪が視界に飛び込んでくる。

ぼやける視界が少しずつはっきりしてきて、やがてジェラルドの整いすぎた顔がすぐ目の前にあることに気が付いた。

なんだか随分長い間、眠っていた気がする。

見覚えのないこの部屋は、やけに豪華で可愛《かわい》らしい。自室でもなければ病院でもなさそうで、どうして私はここにいるのか分からなかった。

「まだ辛《つら》いよね、ごめんね。ずっと意識が戻らないから解毒薬を砕いて水に混ぜて、少しずつ飲ませることしかできなかったんだ。頑張ってこれだけは飲んでほしい」

「…………」

ジェラルドによってベッドから身体《からだ》を起こされ、水の入ったグラスと錠剤が口元へと運ばれる。

──ああ、そうだ。私はパーティーでエリザの身体に入ったメイベルと共に薬を飲んで、倒れたんだっけ。

ずっと眠っていたせいかぼんやりとして、上手《うま》く頭が働かない。

解毒薬を水と共に、なんとかジェラルドの助けを借りながら飲んだ。

「すぐに辛くなくなるから、安心して」

再びベッドに寝かされ目を閉じているうちに、だんだん頭の痛みがとれていくのが分かった。

それと同時に、妙な違和感のようなものが全身に広がっていく。

ジェラルドはベッドの側の椅子に座り、ずっと私の手を握ってくれていたようだった。

「み、んな、は……？」

「今頃はアークライト伯爵家じゃないかな」

掠《かす》れているせいか声に違和感を感じる私に、笑顔のままのジェラルドは、他人事《ひとごと》のようにそう言った。意識がはっきりしてきた私は、再び身体を起こす。

まだ少し頭が痛むけれど、だいぶ楽になった気がする。

「ねえ、ここはどこ……？」

「ヘインズ男爵邸のエリザの部屋だよ」

「――えっ？」

ヘインズ男爵邸、エリザの部屋。

どうしてそんな場所に私とジェラルドが二人でいるのか、理解できなかった。

そしてたった今、自分が発した声に、やはり違和感を覚える。

「な、なんで……声、私……」

——この声は、私の声じゃない。

自分から他人の声が出てくるこの感覚には、覚えがある。

忘れたくても、忘れられるはずがない。

そうして必死に記憶を辿《たど》り、意識がなくなる直前、最後に見た光景を思い出し、言葉を失った。

「——っ！」

慌てて自身の顔に手のひらを当てる。

輪郭も、視界の端に見える長い金髪も、私のものではなかった。

心臓が大きく嫌な音を立て、早鐘を打っていく。

「……まさか」

「そう、君とエリザの身体が入れ替わったんだ」

いつもと変わらない笑みを浮かべ、大したことではないようにジェラルドはそう言ってのけた。

その瞬間、頭が真っ白になる。

「ど、どうして……」

こんなの、間違いなく予定にはなかった。

けれど目の前のジェラルドに、戸惑う様子はない。

魔道具は間違いなくメイベルが持っていたはず。

それを使った相手が、同じく苦しんでいた私だなんて、明らかにおかしい。

考えたくもない最悪の仮説が浮かんできて、私は縋《すが》るようにジェラルドへと視線を向けた。

「ジェラルドは、私達《わたしたち》を裏切ったの……？」

「ああ」

「どうしてそんなことをしたの⁉」

震える声で叫び、摑《つか》みかかるようにジェラルドの腕を両手でとらえる。

それでもジェラルドは表情ひとつ変えず、私を見つめたまま。


「君を愛しているからだよ」


そして唇で綺麗《きれい》な弧を描くと、ジェラルドは当然のようにそう言ってのけた。

──私を、愛しているから？

『ありがとう、セイディ。今後も友人として仲良くしてくれたら嬉《うれ》しいな』

『こちらこそ、これからもよろしくね』

そんな会話をしたのも、つい先日だったのに。

まさかジェラルドが私達を裏切るなんて、想像すらしていなかった。

「今のままだと、セイディは手に入らない。君は周りの人間に愛され、守られているから。でも、エリザ・ヘインズの身体に閉じ込めておけば、邪魔者はいなくなるだろう？」

「な、んで……そんな……」

「解毒薬を飲んだメイベルは今頃、記憶が欠けているフリでもして『セイディ』になりきっているんじゃないかな。僕が裏切ったなんて、誰も思わないはずだから」

きっとジェラルドの言う通りだ。

私だけじゃない、みんなは絶対にお互いを疑ったりはしない。

それほどにあの場所で子供の頃から支え合い、長い時間を共に過ごした中で生まれた絆《きずな》や信頼は、何よりも強いものだと思っていた。

だからこそジェラルドの裏切りは信じられなかったし、許せるはずがなかった。

「ジェラルド、お願いだから元に戻して」

「無理だよ。魔道具を持っているのはメイベルなんだ」

「そんな……メイベルはどうして私の身体を……？」

「色々とバレてしまった以上、セイディに成り代わってしまえば安心だと思ったんだろうね。誰も君を疑いはしないし、僕が味方をすれば上手く誤魔化していけるはずだから」

ジェラルドの言葉の意味は分かっていても、理解できなかった。

私の足には太い鉄の鎖の足枷《あしかせ》が付いていることにも、今更になって気が付く。

ジェラルドは本気で、私を閉じ込める気なのだと思い知らされる。

「それにメイベルはルーファス・ラングリッジに執着しているみたいだ。あの男こそが自分にふさわしい存在だと思い込んでる」

不意に出てきたルーファスの名前に、心臓が大きく跳ねた。

私になったメイベルは、ルーファスに対して何をするつもりなのだろう。

——私の口で、声で、好きだと伝えるのだろうか。

そんなの、絶対に嫌だった。

悲しくて悔しくて、両目からはぽろぽろと涙がこぼれ落ちていく。

「泣かないで、セイディ」

「触らないで……！」

思いきり手を振り払えば、ジェラルドは傷付いた子供のような顔をした。

私を、みんなを傷付けているのは彼の方だというのに。

「ジェラルド、おかしいよ……！　だって、今の私はエリザの身体に入っていて、私じゃないのに」

「セイディはセイディだよ」

取り乱す私とは対照的に、ジェラルドは落ち着き払っているまま。

そして当然のことだと言いたげな態度で、続けた。

「僕はね、中身がセイディならどんな入れ物でも気にしないんだ」

そんな言葉に、ぞくりと鳥肌が立った。

思い返せば彼は、あの場所でタバサの身体に入っていた私を好きになったと聞いた。

「僕はセイディの中身が、心が好きだから」

身体を入れ物だなんて言い切るジェラルドは、私がどんな——誰の身体に入っていたとしても、本当に気にしないのかもしれない。

「愛してるよ、セイディ。ずっと一緒にいようね」

きっともうジェラルドには、私の言葉は届かない。

そう思い知るのと同時に、涙が止まらなくなる。

「……っ」

そんな私の涙を指先でそっと掬《すく》いとりながら、ジェラルドはひどく幸せそうに微笑《ほほえ》んでいた。

＊　＊　＊

エリザの身体で目覚めてから、三日が経《た》った。

私はこの部屋から一歩も出してもらえず、完全な監禁状態にある。

広い部屋には風呂までついており、生活の全てがこの室内で完結してしまう。そのため、ドアにまでは手の届かない鎖が付いた足枷を、一度も外してもらえることはないまま。

「エリザお嬢様、お食事をお持ちいたしました」

食事は日に三度、豪勢なものが出てくるけれど、食欲なんてあるはずもない。

それでも、大事なエリザの身体なのだ。

絶対に元に戻れると信じて、無理をして食事を口に運ぶ。

「男爵夫妻に話をしたいと伝えてほしいの。お願い」

「……申し訳ありません」

専属のメイドが二人おり、身の回りの世話をしてくれているけれど、最低限の会話しかしてはくれない。

必死に色々と訴えても、痛ましいものを見るような目を向けられるだけだった。

――私は今、心の病という扱いを受けている。

自身を別の人間だと信じ込んでいる、と思われているらしい。

入れ替わる前に、メイベルは自身が用意した暴漢に襲われ心に傷を負った、という状況を作り出していたのだ。

その後はヘインズ男爵夫妻や親しい使用人に、その日のトラウマが蘇《よみがえ》るたび、自分が自分でなくなるような感覚があると訴えていたという。

そして仕込みの医者の診断もあり、周りは本当にエリザ・ヘインズが心の病を抱え、他人になりきることで自分を守っていると思い込んでいるようだった。

その結果、いざ入れ替わった私が「本当はこの身体の持ち主じゃない」と訴えても、誰ひとり聞く耳を持ってはくれない。

むしろ病が悪化したと思われるだけで、状況は悪くなるばかりだった。

『君が入れ替わったなんて言って騒いでも、男爵夫妻が余計に悲しむだけだよ。諦めた方がいい』

絶対に私がこの状況から抜け出せない、という自信があったのだろう。ジェラルドは笑顔で何でも話してくれた。

以前お会いしたヘインズ男爵夫妻は、とても穏やかで優しくて、娘に足枷を付けて閉じ込めるような人達には見えなかった。

だからこそ二人に会えた時には、足枷を外すよう必死に訴えかけた。

けれど、娘に懇願され約束したのだと涙ながらに話す二人は謝罪の言葉を紡ぐだけで、決して私を解放してはくれなかった。

『もしも私が私でなくなってしまったら、どうかこの部屋からは絶対に出さず、お父様とお母様、そしてジェラルド様以外には会わせないようにしてください。……皆様の記憶の中では、淑女の鑑《かがみ》と言われていた私のままでいたいのです』

心を病んだとなれば、若い貴族令嬢にとってはかなりの醜聞になる。

それも誰もが憧れるエリザ・ヘインズとなれば、騒ぎ立てる者も出てくるはず。そのため、心を病んでいるということは、これまでも屋敷《やしき》の外には噂《うわさ》が漏れないようにしていたらしい。

心優しい夫妻の「娘を守りたい」という気持ちを利用するなんて、信じられなかった。

メイベルはどこまでも用意周到で、ジェラルドのあの余裕に納得さえしてしまう。

ジェラルドも以前からヘインズ男爵家に通い、エリザと想《おも》いを通わせていると見せかけていたという。私達に知られては困るからと、徹底して屋敷の人間以外には隠していたらしい。

『ジェラルド様がいてくださって、本当に良かったわ』

男爵夫人はジェラルドが屋敷を訪れる度に、安堵《あんど》した様子を見せた。

『いえ、僕こそ彼女がいないと生きていけませんから』

婚約もまもなく結ばれる予定だったらしく、夫妻は心を病んだエリザを変わらず支えようとするジェラルドのことを、かなり信用しているようだった。

私の誕生日パーティーもジェラルドが一緒だからと無理を押して参加したものの、服毒したことで心身ともに限界を迎えた、というシナリオらしい。

「……どうしたら、いいの」

誰も私の言葉を信じてくれない上に、ここから出ることすら叶《かな》わないのだ。

そしてジェラルドがそんなにも前から私達を裏切るつもりだったのが、何よりも悲しかった。

昼食を終えた後、今日もジェラルドはやってきた。

「今日は君の好きだったケーキを買ってきたんだ」

エリザの両親から見たら、毎日欠かさずに見舞いにくる彼は、心を病んだ娘の元へ足繁《あししげ》く通う、優しい婚約者のように映っているのだろう。

「本当は他にも色々用意するつもりだったんだけど、道が混んでいて」

「…………」

何事もなかったかのように、今まで通り振る舞うジェラルドが怖くて仕方なかった。

彼の中身が別の誰かに変わっていた方がまだマシだと、思ってしまうくらいに。

「来月には、僕と君の正式な婚約が結ばれることになったよ。今の状態では結婚式は難しいだろうけど、指輪はちゃんと用意するからね」

「…………」

「ああ、元のセイディの瞳の色と同じアメジストを使うのもいいな。最近は婚約指輪に、お互いの瞳の色の宝石を使うのが流行《はや》っているんだって」

ずっと無視をしているにもかかわらず、ジェラルドは笑顔のまま一人で楽しげに喋《しゃべ》り続けている。

ベッドに座ったままの私は俯《うつむ》き、ぎゅっとシーツを握りしめた。

「……みんなは、どうしてるの」

「やっと僕と話をする気になってくれた？　嬉しいな」

「…………」

「実は今、アークライト伯爵邸にも寄ってきたんだ」

驚いて顔を上げれば、ジェラルドはくすりと笑う。

ベッドの側の椅子に座っていた彼は立ち上がると、私のすぐ側、ベッドの上に腰を下ろした。

「何もかもが今まで通りだったよ。誰も僕が裏切ったなんて気付いていない」

「そんな……」

「誕生日パーティーでの作戦は失敗に終わって、エリザがどうなっているのかは分からないまま。そんな中、メイベルが入ったセイディ・アークライトを、誰もが大切に大切にしているよ」

頭を思いきり鈍器で殴られたようなショックが、全身を貫いた。

──心のどこかで、家族や友人達は気付いてくれると信じていたのかもしれない。

だからこそ、こんなにも絶望したような気持ちでいっぱいになっているのだろう。

「ああ、ルーファス・ラングリッジもだよ。毎日のようにメイベルの元を訪れているみたいだ」

「……っ」

ルーファスも、私が私ではないと気付いてくれていない。私の身体を使ったメイベルと彼が親密になってしまうことを思うと、心底泣きたくなった。

足元が音を立てて崩れていくような感覚がして、視界がぼやけていく。

私はこのままこの部屋に、この身体に閉じ込められたままなのだろうか。

「……も……やだ……っ」

やがてシーツを握りしめる手の甲に、ぽたり、ぽたりと涙がこぼれ落ちていく。

「泣かないで、セイディ。あいつの気持ちは所詮、その程度だったんだよ」

「っう……ひっく……」

「僕なら絶対に、どんな君でも見つけられるのに」

ジェラルドはそう言うと私の手を取り、そっと薬指に触れた。


しばらくして泣《な》き止《や》んだ私は、「出て行って」とジェラルドに告げた。

けれどジェラルドは「ごめんね」と言うだけで、その場から動こうとはしない。

「……ジェラルドなんて、嫌い、大嫌い。もう顔も見たくないし、絶対に許さない」

気が付けば私の口からは、そんな言葉が溢《あふ》れていた。

誰かを嫌いだなんて言ったのは、生まれて初めてだったと思う。

ジェラルドは傷付いた表情を浮かべたものの、やがて困ったように微笑んだ。

「当然だよ。僕はセイディに嫌われて当然のことをしてる」

それでも、もう後戻りはできないのだと彼は言った。

「……ノーマン達も、元に戻っていないんでしょう」

「うん、そうだね」

「もうすぐ壊れるはずじゃ……」

限界が近づいている魔道具は次に使えば壊れ、全員が元の身体に戻れると信じていたからこそ、あの作戦を実行したのだ。

私とメイベルが入れ替わってなお、そのままだということにも疑問や焦りを感じていた。

ジェラルドは「ああ」と、思い出したように続ける。

「あまり詳しくは聞いていないけど、メイベルは魔道具の負担を軽くしたと言っていたよ」

「負担……？」

「メイベルはこれまで、魔道具を使って実験を重ねていただろう？　僕達がいたあの場所以外にも、入れ替えた人間同士を集めていた施設があったらしい」

以前、タバサが『メイベルが何人の人間を実験に使って、殺したと思う？』と話していたことを思い出す。

まさか私達以外にも、そんな人々がいたなんて想像もしていなかった。

「先日、そのあたりで疫病が流行って大勢が死んだらしい。すると使う度に黒ずんでいた魔道具の輝きが少し戻ったことに、メイベルは気が付いた」

そんな言葉に、嫌な予感がしてしまう。

「――まさか」

「彼女はこれまで入れ替えた人間を全て殺し、結果、予想通り魔道具は少しの力を取り戻した」

「そんな……！」

あまりにも自分勝手で残虐な行為に、ぞくりと身体が震えた。今回の入れ替わりのために、一体何人の命が失われたのだろう。

もしもエリザとノーマンを、助け出せていなかったら。そんな恐ろしいことを想像しては指先が冷えていき、息苦しくなる。

こんなの絶対に、許されることではない。

そして、そんなことを平然と話すジェラルドはもう、本当に私の知るジェラルドではないのだと改めて思い知らされてもいた。

「それでも今回の入れ替わりが本当に最後みたいだよ。魔道具も完全に黒ずんで、形を保っているのがやっとらしい」

「……そう」

その話が真実なら、本当にあと一度の入れ替わりで全員が元に戻れるはず。

けれどジェラルドがこうして裏切ってこちらの手の内を明かした以上、メイベルは今まで以上に警戒しているに違いない。

そんな中で魔道具のありかを突き止めるなんて、不可能に近いことも分かっている。

それでも、諦められるはずなんてなかった。

とにかく今、この場所に閉じ込められている私ができるのは、少しでもジェラルドから情報を引き出すことくらいだろう。

私は両手をきつく握りしめ、色々な気持ちを抑えつけると、ジェラルドに向き直った。

「……婚約をした後も、私はずっとここにいるの？」

「しばらくはね。でも、すぐに結婚するつもりだよ。そうしたら君を連れて新居に移る予定なんだ」

「新居？」

「うん。今、少しずつ準備してる。一生、誰の邪魔も入らない僕とセイディだけの世界なんて、本当に夢みたいだ」

心の底から幸せだという表情を浮かべるジェラルドの姿に、鳥肌が立つ。

彼が私に向けている感情は、間違いなく愛なんかではない。

「ジェラルドは、それで幸せなの？　私があなたを嫌いでも？」

「もちろん。僕の幸せは、セイディがただ側にいてくれることだから。君さえいれば他にはもう、何もいらない」

「…………」

――ずっと、気になっていた。

ジェラルドにこんなにも好意を抱かれるようなことを、私はしたのだろうかと。

あの場所ではタバサの姿で、エリザやみんなと同じように一緒に生活をしていただけ。

ジェラルドに対し、特別扱いをしたこともなかった。

「……いつ、私を好きになったの？」

「今から十一年前、初めてセイディに会った時からだよ」

「えっ？」

私とジェラルドがあの場所で出会ったのは、間違いなく七年前のはず。

ジェラルドがあの場所に来たのは、私やエリザよりも三年遅かったのだ。

「僕はあの場所で会う前から、君を知っていたんだ」

「……うそ」

初めて聞く事実に、驚きを隠せない。

「僕はずっとセイディが好きで、憧れていたんだ。けれど君の隣には、いつだってルーファス・ラングリッジがいた」

「…………」

「だから身体を奪われた上にあんな場所に閉じ込められても、あいつのいない所でセイディと会えたのが、本当に嬉しかったんだ」

「なに、それ……」

ジェラルドの言っていることが理解できず混乱する私に、彼は続ける。

「あいつは十年もセイディが入れ替わっていたことにも気付かず、君を傷付けたのに」

「…………」

「それなのに君は、どうして――」

けれどそこまで言いかけて、我に返ったように口を噤《つぐ》んだ。

「ごめん、喋りすぎたみたいだ。今日はそろそろ帰るよ。次に来る時、何か欲しいものはある？」

「エリザとノーマンには、これ以上何もしないで」

「もちろん、そのつもりだよ。僕だって、彼らには多少の情があるんだ」

ジェラルドは「ごめんね」「大好きだよ」と言って私の頰を撫《な》でると、部屋を後にした。

そんな言葉なんて、もう聞きたくはないのに。

「……本当に、どうしたらいいの」

息が詰まりそうだった私はベッドから立ち上がり、開くことのない窓辺へと向かう。じゃらじゃらと鎖の擦れる音がして、余計に頭がおかしくなりそうだった。

こちらから外の景色は見えるものの、外から中の様子は一切見えないようになっているらしい。

本当に何もかも徹底していると思いながら、青空の下を飛び回る小鳥を眺めていた時だった。

見覚えのある紋章が描かれた馬車が、男爵邸の前に停《と》まったのだ。

心臓が、期待によって早鐘を打つ。

「――えっ？」

そして馬車から降りてきたのは、見間違えるはずもないルーファスその人だった。

「どうして、ルーファスがここに……」

けれどすぐに建物の陰に入り、窓からルーファスの姿は見えなくなってしまう。

今の私には、この部屋を出ることすら叶わないのだ。全て完璧に対策されているせいで、大声を出しても声は届かないし、魔法を使ってドアを壊すこともできない。

「……っ」

もどかしくて悔しくて、泣きたくなった。

それでもほんの一瞬、遠目にでもルーファスを見られたのが嬉しくて、救われた気持ちになる。

それから五分ほどして、ルーファスが馬車へと戻ってきた。

窓に両手をつき、必死にその姿を目で追いかける。

ルーファスがこの屋敷に何をしに来たのか、誰と何を話したのかは分からない。けれどきっと、この家の人間は私の存在を隠し通すはず。

こうしてすぐに帰るところを見ると、彼は異変に気付いていないのかもしれない。

「や、やだ……いかないで……ルーファス……」

この声が届くはずなんてないと分かっていても、引き留める言葉ばかりが溢れていく。

そんな中、馬車に乗る直前、振り向いてこちらを見上げたルーファスと目が合った、気がした。

向こうからは私の存在は見えないのだから、気のせいに決まっている。

それなのに、馬鹿みたいな期待をしてしまった自分が嫌になった。

ルーファスはすぐに背を向け、馬車に乗り込む。

「……っう……」

やがて馬車が見えなくなると、私はずるずるとその場にしゃがみ込み、膝を抱えた。

『セイディ、誕生日おめでとう』

『と、突然すまない。俺はなんてことを……』

『誰にでもこんなことをするわけじゃない』

最後に会った時には、あんなに近くにいたのに。

抱きしめられた時の温《ぬく》もりも香りも、今でもはっきりと思い出せる。

私の身体に入ったメイベルにも、同じように触れるのだろうか。ルーファスの美しい両目にその姿を映し、優しい声で名前を呼ぶのだろうか。

そんなことを考えるだけで、胸が張り裂けそうになる。

同時に真っ黒なもやもやとした気持ちが、身体の奥底から込み上げてくるのが分かった。

過去、メイベルやタバサに対し数えきれないほどの怒りを感じてきたけれど、それとは違う。

「……痛くて、苦しい」

この胸の痛みには、覚えがあった。

『ルーファスが私以外の女性にも好きだと言って、触れているのを想像すると、すごく嫌だったんです。だから、ほっとして……』

あの時感じたものを、ずっと濃く煮詰めたような感情でいっぱいになっていく。

──お願いだから、私以外を見ないでほしい。

そして、気付く。

こんな風に思ってしまうのは、ルーファスだけだということに。


『本当に困った時には、俺を頼ってほしい』

『絶対に力になる』

『ああ、絶対に助ける。だから大丈夫だ』


『ずっと、セイディが好きだった』

『俺は死ぬまで、セイディしか好きになれないんだと思う』

『好きだ。愛してる』


今まで数えきれないくらい、ルーファスに対して特別な気持ちを抱く瞬間はあった。

ただ、この感情の名前を知らなかっただけ。

「……私、ルーファスのことが好き、なんだ」

いつだってまっすぐで誠実で強くて、少しだけ不器用で、誰よりも優しい。

そんなルーファスのことが、私は好きになっていた。

こんな時に、こんな形で自覚するなんてと、泣きたくなる。そして自覚するのと同時に、胸の中で「好き」という感情がはっきりと形作られていくのが分かった。

むしろ今まで気付かなかったのが不思議なくらい、この気持ちは大きく育っていたように思う。

「っルーファス……」

けれど今の私には、この気持ちを伝えることさえ叶わない。

瞳からは止めどなく涙が溢れ、気が付けば子供のように声を上げて泣いていた。泣いたって何も変わらないと、私はあの十年で思い知っていたのに。

それでもこれで最後だと決めてひとしきり泣いた後、涙を袖で拭い、顔を上げる。

――絶対にここから逃げ出して、元の身体に戻ってみせる。

そして、ルーファスに好きだと伝えたい。

そう固く誓い、私は両手をきつく握りしめた。

＊＊＊

翌朝、メイド達によって身支度をされながら、気になっていたことを尋ねてみることにした。

「ねえ、これって何か分かる？」

エリザの右太腿《ふともも》の内側には、薄い布がしっかりと貼られていた。触れてみると、布の下にはミミズ腫れのようなものがあり、どうやら数センチほどの傷跡があるらしい。

「そちらについては、私達も存じ上げません」

今のエリザは記憶もところどころ抜け落ちている設定のため、メイドは特に怪しむ様子もなく答えてくれる。

「ただ旦那様や奥様を心配させたくないとのことで、黙っているよう仰《おお》せつかっております」

どうやらメイベルは外でこの傷を作り、黙って治療まで済ませてきたらしい。ただ着替えから風呂まで世話をするメイド達には隠せず、黙っているよう命じたのだろう。

彼女達も、記憶が欠けているとは言えエリザ本人であり、身体に関わることだからこそ、話してくれたようだった。明らかに怪しい話に、私はさらに質問を続ける。

「それっていつからか分かる？」

「私がお仕えした時にはもう、傷跡がありました。よほど深い傷だったのか、何度か傷が開いてしまっては治療する、というのを繰り返されていたようです。つい最近も」

「…………？」

彼女達がエリザに仕え始めたのは三年前らしく、それ以前から傷はあったことになる。

しっかりと縫われ治療した傷が、数年間の間に何度も開くなんてこと、ありうるのだろうか。

疑問は尽きないものの、彼女達もこれ以上は知らないようで、この話は終わりにした。

それからすぐ、いつものようにジェラルドが私の元を訪れた。

「おはよう、セイディ」

ジェラルドは当然のようにベッドのすぐ側の椅子に腰を下ろし、笑みを浮かべる。

「昨日、ルーファス・ラングリッジが男爵邸へ来たようだよ。エリザの体調はどうだ、って心配してきたみたいだ」

「……そう」

「それだけ？　嬉しそうな反応をすると思ったのに」

私は目を伏せると、首を左右に振った。

「もういいの。メイベルを私だと思い込むルーファスに、何かを期待しても無駄だから」

本当はそんなこと、思ってなんかいない。

それでも少しでもこの場所から抜け出す可能性を上げるために、嘘《うそ》を重ねていく。

「十年前はまだしも、今は入れ替わる方法があると知っているのに気付かないなんて……」

「そうだよ、僕にしかセイディを理解できないんだ。あんな奴《やつ》に期待しても無駄だよ」

予想通りジェラルドは満足げに微笑むと、私の手を取った。

「嬉しいな、本当に嬉しい。セイディもようやく分かってくれたんだね」

「……うん」

ジェラルドは私がルーファスに対してマイナスの感情を向けるのが、何よりも嬉しいらしい。

今すぐに振り払いたい気持ちを抑え、笑顔を向ける。

「僕にできることなら何でもする。幸せにするよ」

「本当に、何でもしてくれるの？」

「もちろん。元の身体に戻すこと以外なら」

興奮した様子のジェラルドの手を握り返せば、彼はさらに破顔した。

まずはこの部屋から出ることを、第一に考えなければいけない。

「私、結婚式はしたいな。子供の頃からの夢なの」

——そのためにはまず、ジェラルドを掌握しなければ。

＊　＊　＊

アークライト伯爵邸から騎士団本部へ移動し、書類仕事を片付けていると、稽古を終えたらしいケヴィンがやってきた。

「ルーファス、なんだかご機嫌ですね」

黙って仕事をしていただけだというのに、そんなにも浮かれて見えるのだろうか。

少し照れ臭くなり、片手で口元を覆う。

ケヴィンはやがて「ああ」と何かを思い出したように、わざとらしく手のひらに拳を載せた。

「今日はセイディ様の誕生日でしたか。無事に会えたようでよかったです」

「……ああ」

「幸せそうで何より」

「…………」

セイディの前でもだらしない顔をしていなかっただろうかと、不安になってくる。

――父や周りの目があるため、俺はセイディの誕生日パーティーには参加できない。

そんな中、彼女の友人達が当日会える時間を作ってくれたのだ。

『もちろん会いに行くが、なぜ俺なんだ？』

『セイディが誕生日に一番会いたいのは、きっとルーファス様だと思いますから』

『は？　そんなはずは……』

『いいえ、絶対にそうです。俺達はずっとセイディを側で見てきたからこそ、よく分かるので』

エリザとノーマンの言葉はにわかに信じがたかったものの、十年ぶりにセイディの誕生日を祝えるのならもう、何でも良かった。

プレゼントは悩んだ結果、花束とセイディが好きな花畑をイメージしたドレスを贈ることにした。

『……ルーファス？』

当日、セイディは俺が贈ったドレスを身に纏《まと》ってくれていた。

それだけでも嬉しくて仕方ないというのに、想像していた以上によく彼女に似合っており、本当に可愛くて眩しくて、ほんの少しだけ涙腺が緩んだ。

『ルーファスにお祝いしてもらえるのが、一番嬉しい』

ただ姿を一目見て、「誕生日おめでとう」と言えれば十分だったのに、そんな可愛いことを言われてしまっては我慢が利かず、気が付けばセイディを抱きしめてしまっていた。

セイディは小さくて細くて、驚くほど甘く良《い》い香りがして、眩暈《めまい》がする。この身体にどれほどのものを抱えているんだろうと思うと、胸が締め付けられた。

――同時に、どうしようもないくらいセイディが好きだと、改めて自覚した。

この後にパーティーを控えている彼女とは短時間しか共に過ごせなかったものの、俺にとっては十分すぎるほどだった。

「今頃はパーティーを楽しんでいるといいですね」

「ああ」

十年間、セイディは誕生日を家族に祝われることもなく、ずっとあの場所で過ごしていたのだ。

どうかこれからは今までの分も両親や大切な友人達に祝福され、幸せな時間を過ごしてほしい。

――そう、思っていたのに。

数時間後、俺の元へ届いたのはパーティーの最中、セイディが毒の入った酒を飲んで倒れたという信じられない報告で、頭が真っ白になった。

「セイディ！」

すぐにアークライト伯爵邸へと向かえば、そこにはベッドの上で眠る、セイディの姿があった。

その顔色はひどく悪く、青白い。表情も苦しげで、胸を抉《えぐ》られる思いがした。

「ルーファス様……」

「セイディは大丈夫なのか……？」

彼女の周りには、伯爵夫妻や友人達の姿がある。全員が悲痛な表情を浮かべており、エリザは消え入りそうな声で俺の名前を呟《つぶや》くと、目を伏せた。

「命に別状はないそうです。ただ、お医者様曰《いわ》く、いつ目覚めるかは分からないと」

「……なぜ、こんなことになったんだ」

エリザの身体に入っていたメイベルも、同じ毒を口にしたと聞いている。

一体何があったのかと尋ねると、何故《なぜ》かノーマンとニール・バッセルは伯爵夫妻を連れてセイディの部屋を出て行った。

室内には俺とエリザ、ジェラルド・フィンドレイだけになる。

フィンドレイは今にも泣き出しそうな顔をして、セイディの手を握っていた。

「やっぱり、止めるべきだったんだ。こんなこと」

「どういう意味だ」

視線を向けると、フィンドレイは唇をきつく噛《か》んだ。

何も言わない彼の代わりに、エリザが口を開く。

「……実はセイディが倒れるまでは、元々予定していたことだったんです」

「なんだと？」

それから今回の事態に至るまでの経緯を聞いた俺は、気が付けば拳を壁に叩《たた》きつけていた。

そんな行動を起こすほどセイディは追い詰められていたというのに、俺は呑気《のんき》に彼女を祝い、浮かれていただけだったのだから。

セイディは俺に心配をかけまいと周りに口止めをしていたと聞き、余計にやるせなくなる。

『改めて、誕生日おめでとう』

『今日は本当にありがとう。気を付けて帰ってね』

『ああ。楽しんでくれ』

あの時、セイディはどんな気持ちだったのかと考えるだけで、泣きたくなった。

「なぜ、セイディがそんなことを……」

「自分が一番適任だからと……本来は後遺症のない薬だったはずなのに、手違いがあったのか、規定量よりも多く摂取してしまったようなんです」

すぐに解毒剤を飲ませてもセイディは苦しみ続け、目覚めないままだという。

「その上、メイベル側に動きがないんだ。あれほどの苦しみに耐えているなんて、信じられない」

フィンドレイは事前に同じ薬を一度飲んだらしく、こんなにも長い時間、とても耐えきれるようなものではないと断言した。

つまりメイベルはもう一度、魔道具を使って別の人間の身体に逃げた可能性が高い。

だが、エリザもノーマンも元の身体に戻れていないまま。

「まさか、魔道具はまだ限界じゃなかったの……？　もうすぐ壊れると思っていたのに」

「分からない。とりあえず、様子を見るしかないよ」

ごめんねと意識のないセイディに声をかけたフィンドレイの瞳からは、静かに涙がこぼれていく。

エリザも謝罪の言葉を呟き、両手で顔を覆った。

「……………くそ」

今の俺は早く回復することを祈るしかできないと思うと、己の無力さに心底嫌気が差した。


二日後、仕事を終えたその足で、再びアークライト伯爵邸へ見舞いに向かった。

すぐにセイディの部屋に通され、静かにその寝顔を見つめる。

「…………」

あれから何も手に付かず、寝ても覚めてもセイディのことばかりを考えている。

──なぜ、セイディがこんなにも辛い思いをし続けなければならないのだろう。誰よりも優しくて心の美しい彼女が、一体何をしたというのだろうか。

そんなことを考えていると不意に、セイディの手が、ぴくりと動いた。

「セイディ……？」

ゆっくりと瞼が開く。やがて視線がこちらへと向けられ、目が合った。

ようやく目覚めてくれたことで心底安堵した俺は、すぐに医者を呼ぼうと立ち上がった。

「大丈夫か？　すぐに――」

だが、行くなとでも言うように袖をそっと掴まれる。何か伝えたいことがあるのかもしれないとセイディに向き直ると、身体を支え起こした。

やはり驚くほど軽く、胸が締め付けられる。

何か言葉を発しようとしているセイディに耳を寄せると、細く白い腕が首に回される。

「……っルーファス……怖かっ、た……」

次の瞬間には、縋《すが》り付《つ》くように抱きつかれていた。

静かにセイディの背中に腕を回し、震える小さな身体を抱きしめ返す。

「もう大丈夫だ、よく頑張ったな」

「……う……っ……」

よほど苦しく辛い思いをしたのだろう。彼女が元の身体に戻ってから、喜びや安堵以外の涙は初めて見た気がする。

しばらくして落ち着いたらしいセイディは泣き止み、顔を上げた。

青白い顔の中で、赤くなった目元がひどく痛々しい。

「もう、ルーファスに会えないかと思うと、怖くて……」

「何もできず、本当にすまなかった」

「ううん。こうして側にいてくれるだけで嬉しい」

弱々しく俺の服の裾を握ったセイディを守りたい、彼女の苦しいことや悲しいことは全て取り払ってやりたいと、強く思う。

それからは伯爵夫妻や医者や友人達を呼び、体調には問題がないことを確認し、胸を撫《な》で下《お》ろした。

「ですが、記憶が少し混乱しているようです」

「そんな……」

医者の言葉に、伯爵夫人がふらりと倒れかける。すぐに伯爵が支えたものの、夫人と同じくらい真っ青な顔をしていた。

エリザやノーマン、フィンドレイも戸惑いを隠せない様子だった。

どうやら強いストレスやショックから、記憶の一部が失われることがあるという。

内心は動揺していたものの、先ほど目覚めた時には俺の名前を呼んでくれていたことで、なんとか平静を装うことができた。

夫人はセイディの元へ行き、彼女の手をそっと両手で包み込む。セイディもまたその手を握り返すと、弱々しい笑みを浮かべた。

「私達のことは分かるのよね？」

「はい。でも、色々と思い出せないことも多いみたいで……迷惑をかけるかもしれないけれど、よろしくお願いします」

頭を下げたセイディに、誰もが胸を痛めている様子だった。

「分からないことがあれば、何でも僕達に聞いて。セイディのためならどんなことでもするから」

「ジェラルド……ありがとう」

治療法もなく自然と治るのを待つしかないようで、ひとまずゆっくり休むべきとのことだった。

「あの日のことはどれくらい覚えてる？」

「パーティーの最中、メイベルが——……」

医者と伯爵夫妻は部屋を後にし、セイディはフィンドレイや友人達と話をしている。

邪魔をしないようそっと立ち去ろうとしたところ、不意に手を摑まれた。

「……セイディ？」

振り返ればセイディは寂しそうな、心細そうな顔で俺を見上げている。

「ルーファス……？　どこへ行くの？」

「そろそろ仕事に戻らないと」

「私、ルーファスともう少しだけ一緒にいたい」

セイディのそんな言葉を聞いて、一番に感じたのは喜びや嬉しさではなく、戸惑いだった。

彼女は今まで、こんな風に無理を言うようなことはなかったからだ。

とは言え、彼女の境遇を考えればもっと我儘《わがまま》になってもいいくらいだろう。何より、あんなことがあった後なのだから、不安になるのも当然だった。

「分かった、まだここにいる」

了承し小さく笑みを向ければ、セイディはほっとしたように微笑み「ありがとう」と俺の手を握る手に力を込める。

「……じゃあ僕達は下にいるから、何かあったら声をかけて」

フィンドレイは気遣うような表情を浮かべ、エリザとノーマンと共に部屋を後にした。

セイディに結婚を申し込んだと聞いていたが、その話が進んでいる様子はない。結局気になってしまい二人きりになった後、尋ねてみることにした。

「フィンドレイの前で、いいのか」

「どういうこと？」

「結婚を申し込まれたんだろう」

その件に関しての記憶はあるようで、セイディは静かに頷《うなず》く。

「ジェラルドにはきちんと断ったよ。それでも、これからも友達でいるって言ってくれたんだ」

「……そうか」

思わずほっとしてしまい罪悪感を感じつつ、まだ少し赤いセイディの目を見つめる。

彼女もまた俺を見つめると、やがて眉尻を下げ、困ったように微笑んだ。

「もっと前に元の身体に戻れたらよかったのに。……そうしたらタバサが馬鹿なことをせず、ずっとルーファスの側にいられたかもしれないもの」

まるで俺と一生を共にしたいと言っているように聞こえ、心臓が跳ねる。

セイディはそんな俺を見て「変なことを言ってごめんね」と照れたような様子で俯いた。

今は父や周りの目もあるため、こうして人目を避けて会いに来ることしかできない。

それでもいつか必ずセイディ達が巻き込まれた事件の真相を表沙汰にし、その時に彼女がもしも望んでくれたなら、堂々と側にいたいと思っている。

「なるべく側にいるようにする」

「……ありがとう、ルーファス」

セイディの小さな手を改めて握ると、彼女もまた握り返してくれる。

そしてふと、再び違和感のようなものを覚えた。

だがそれが何故なのかは分からないまま、しばらく二人で他愛のない話をした後、またすぐに会いに来ると約束し、セイディの部屋を後にした。

見送りは断り一人で廊下を歩いていると、エリザとノーマンに出会《でくわ》した。

「ルーファス様、お帰りですか？」

「ああ。セイディは少し休むそうだ」

「そうですか。セイディの様子はどうでした？」

「……少し――いや、何でもない」

少しの違和感があったと言いかけて、口を噤む。

いつも気丈に振る舞っているセイディだって、弱さを見せたり我が儘を言ったりすることくらいはあるだろう。間違いなく俺の考えすぎだ。

そう思っているのに、胸騒ぎは治まらないまま。

「なるべくずっとセイディの側にいてやってくれ。何か変化があれば、連絡してほしい」

「分かりました」

またすぐに時間を作り、彼女の様子を見に来よう。

そして俺の方でも、様子が分からないというメイベルの様子を探ろうと決めた。


三日後、俺は再びアークライト伯爵邸を訪れていた。

今セイディは眠っているらしく、案内されたノーマンの部屋にはエリザとティムの姿があった。

「セイディの調子はどうだ？」

「体調はかなり良くなったようです。ただ記憶の方は完全には戻っていないみたいで……」

俺の問いに、エリザが目を伏せながら答えてくれる。

日常生活に支障はないものの、以前よりもずっと口数が少なく、ぼんやりしていることが多いという。やはり様子を見つつ、まだ休んでいる必要があるだろう。

「ルーファス様こそ、こうして頻繁にいらっしゃって大丈夫なんですか？」

「馬車も普段とは別の物を使い、人目を避けている。父や周りには気付かれていないようだ」

「なるほど。お忙しいでしょうし、お身体には気を付けてくださいね」

「ああ、ありがとう」

ノーマンの気遣いに感謝するが、最近は騎士団や家の仕事により多忙を極めていた。

それでも、もう二度とセイディがあんな目に遭わないよう、俺にできることは何でもしたい。

彼女が望んでくれるのなら、少しでも側にいたい。

そんな思いから睡眠時間を削り、こうして足を運んでいた。

「メイベルについて改めて調べてみたが、やはり何の動きもないようだった。誕生日パーティーで倒れた後は、ヘインズ男爵邸にて療養を続けているらしい」

未《いま》だに苦しんでいるのかどうかすら、分からないまま。同じ薬を摂取し、すぐに解毒剤を飲んだセイディですらこれほどの影響が出ているのだから、無事だとはとても思えない。

それでもこちらからの連絡に対して何の反応もないのが、不気味で仕方なかった。

そもそも、あの身体はエリザのものであり心配は尽きない。

別の人間と既に入れ替わっているとすれば、魔道具が壊れていないのも不可解だった。

まさか本当に、まだ限界ではなかったとでもいうのだろうか。

「……これから一体、どうすればいいんだろうな。俺達にできることは限られているし」

ノーマンは目元を手で覆い、溜《た》め息《いき》を吐いた。

「あなたの身体は無事なんだし、きっと私の身体だって実家の男爵邸で大切にされているはずよ。

今はとにかく、セイディの回復を待ちましょう」

「そうだな」

ノーマンの身体を奪った男については、フィンドレイ侯爵邸にて安全な状態で監禁し続けていると聞いている。

先日様子を見に行ったタバサは、ケヴィンの屋敷の地下牢《ろう》にて全く反省をする様子もないまま、呑気に過ごしていた。

「…………」

八方塞がりな現状に、無力な自分に苛立《いらだ》ってしまう。

くしゃりと前髪を掴むと、ティムが「そう言えば」とこの場に不釣り合いな、明るい声を発した。

「昨日もお嬢様、起きている間はルーファス様のお話ばかりされていましたよ。今までどんな風に一緒に過ごされていたかとか、たくさん聞かれました」

「私もルーファス様とのことばかり聞かれたわ。ふふ、やっぱり一番気になるのね」

ティムやエリザから生温かい視線を向けられ、落ち着かなくなる。

そんなにもセイディが俺を気にしてくれていると知り、嬉しさが込み上げてくるのが分かった。

そんな中ノック音が響き、セイディのメイドが静かに室内へ入ってくると、深々と頭を下げた。

「お嬢様がお目覚めになりました。ぜひルーファス様にお会いしたいと」

「ああ、分かった」

俺は三人に帰りにまた顔を出すと告げ、見舞いの花を手にセイディの元へと向かった。

メイドに案内され部屋へ入ると、ベッドの上で身体を起こし、窓の外をぼんやりと眺めているセイディの姿が目に入った。

「ルーファス、来てくれたのね」

やがてこちらを向いた彼女の絹糸のような美しい銀髪が陽の光を受け、さらさらと揺れる。

俺はセイディの側へ向かうと、いつものようにベッドの側の椅子に腰を下ろした。

「ありがとう。今日も来てくれるなんて思っていなかったから、すごく嬉しい」

「迷惑じゃないなら良かった」

「もう、そんなわけないよ」

柔らかく目を細め、喜色を顔に浮かべたセイディの顔色は先日よりも良く、少しだけ安堵する。

「調子はどうだ」

「体調はだいぶ楽になったけど、思い出せないことが多くて……みんなに迷惑をかけていないといいんだけど」

周りの人間については覚えているものの、ところどころ過去の出来事が抜け落ちているという。

やがてセイディは俺が持ったままだった花束へ視線を向けると、目を輝かせた。

「それ、私に？」

「ああ」

「ありがとう！　大切に飾るね」

渡すタイミングを失っていた花束を差し出せば、セイディは笑顔で受け取ってくれる。

その際、手が触れ合い、思わず手を離しそうになってしまう。

「ルーファスの手、すごく温かいね」

「………」

「ルーファス？」

「すまない、少し考えごとをしていた」

だがセイディはというと、一切戸惑うことなく花束を引き寄せ、嬉しそうに花を見つめている。

同時に、再び違和感を覚えた。今までのセイディは、こうして手が触れ合うだけでも顔を赤らめ、照れたような様子を見せていたからだ。

「そういえばね、昨日はエリザとハーラと――……」

ひとつひとつの引っ掛かりは些細《ささい》なものでも、積み重なると胸騒ぎは広がっていく。

俺の勘違いだ、そうであってほしいと思っていても、頭の片隅でひとつの仮説が思い浮かぶ。

――十年間も入れ替わっていたことに気付けなかった俺の勘など、あてにならない。

こんな疑問を抱くこと自体、セイディを何よりも傷付けてしまうのも分かっていた。

「………」

最悪の展開を予想することばかりに慣れてしまったせいだと自身に言い聞かせていると、ふとべッドサイドのテーブルの上に置かれた、ネックレスが目に入った。

『もしかして、ルーファスも着けてくれるの？』

『嫌か？』

『ううん、むしろ嬉しい。本当にありがとう！』

これは以前、セイディと二人で出かけた際、雑貨屋で一緒に購入したものだ。色違いでセイディが赤色、俺が青色を持っている。

俺がネックレスを見ていることに気が付いたのか、セイディは「そのネックレス、ずっと身に着けていたみたいなの」と言うと、首を傾《かし》げた。

「ルーファスはこれ、知ってる？」

「……実は俺も、同じ色のものを持っているんだ。一緒に買いに行ったんだが、覚えていないか？」

気が付けば口からは、そんな嘘がこぼれていた。

――セイディを疑うのはたった一度だけ、これが最後だと決めて、彼女の反応を待つ。

やがて彼女は両手を合わせると「ああ」と微笑んだ。

「そうだったわ、少しだけ思い出した。ルーファスには赤がよく似合うなって思ったの」

そう告げられた瞬間、頭を思いきり殴られたような衝撃が走った。

記憶が多少欠けていたとしても、性格は変わっていないはずなのだ。

いつだって素直なセイディは、適当なことを言ったりするような人間ではなかった。

『私、ルーファスともう少しだけ一緒にいたい』

『もっと前に元の身体に戻れたらよかったのに。……そうしたらタバサが馬鹿なことをせず、ずっとルーファスの側にいられたかもしれないもの』

『ルーファスの手、すごく温かいね』

これまで感じていた違和感も、間違いではなかったのだろう。予感が確信に変わっていく。

――この女は、セイディではない。

メイベルがセイディと入れ替わっているのだと思い至った瞬間、これ以上ないくらいの怒りや嫌悪感が込み上げてきた。

この女がセイディや彼女の友人達、そして俺の人生を狂わせたのだ。

今すぐにでも剣を抜き殺してやりたいという衝動を必死に堪え、きつく手を握った。

入れ替わった状態で一方が死ぬと、もう一方も死ぬと聞いている。何より、これはセイディの身体なのだ。傷ひとつ付けるわけにはいかなかった。

目の前にメイベルがいるというのに、何もできないこの状況が、悔しくて腹立たしくて頭がおかしくなりそうになる。

「……ルーファス?」

黙り込んでいた俺に、メイベルは心配そうな視線を向けてくる。

セイディの身体で、声で俺の名前を呼ぶなという言葉を飲み込み、口を開く。

「すまない、その時のことを思い出していたんだ」

「ふふ、そうなのね」

メイベルは「これからも身に着けていたい」と言い、ネックレスを手に取る。

「あれ、なんだか上手く着けられないわ。ねえルーファス、お願いしてもいい？」

「……ああ」

メイベルはネックレスを受け取った俺に背中を向け、長く美しい銀髪を前へと流す。

細い首、真っ白なうなじを前にしても、中身が別人だというだけで、何も感じない。なぜこんなにも違うのに十年もの間気付けなかったのかと、自責の念に強く苛《さいな》まれる。

「…………」

だが、今まで散々上手くやってきたこの女が、何故こうも簡単にボロを出したのだろう。

そんな疑問を抱いたものの、すぐに答えは出た。

──メイベルは、俺がセイディ・アークライトに嘘を吐くと思っていないのだ。

タバサと入れ替わり悪女になっていたセイディに、俺は十年間ぞんざいな扱いを受けていたにもかかわらず、婚約を継続し気に掛け続けていた。

メイベルは俺がどれほど愚かな男かという話を、タバサから聞いていたはず。社交界でも何故婚約破棄をしないのかと散々話題になっていたのだから、尚更《なおさら》だ。

この女は俺を心底侮り、油断しきっている。

そしてそれは、間違いなくこちらにとって有利になるだろう。

己の愚かさが今になって役に立つなど、皮肉にも程がある。

だが今は、手段を選んでいる場合ではない。

「できた？」

「……ああ」

「ありがとう」

微笑むメイベルの笑顔だけはセイディそのもので、やるせない気持ちになる。

セイディは今、エリザの身体に入り、ヘインズ男爵家に閉じ込められている可能性が高い。

ようやく元の身体に戻れたというのに、再び身体を奪われ一人で過ごしているであろうセイディのことを思うと、胸が張り裂けるような思いがした。

何より、あの薬を摂取した後、解毒剤もない状態であることを思うと心配になる。

エリザの身体に入ったセイディに何かあった場合、メイベルの命にも関わるため、何らかの方法で解毒剤を飲ませていると信じたかった。

そもそも、いつどうやって身体を入れ替えたのかも調べる必要があるだろう。魔道具についても疑問は尽きない。

とにかく一刻も早く、セイディを救い出さなければ。

そう思った俺は、静かに立ち上がった。

「もう帰っちゃうの？」

「ああ、仕事の予定があるんだ。またすぐに時間を作って見舞いに来る」

「……ルーファス、ありがとう。忙しい中、こうして来るのは大変でしょう？」

「お前のためなら、これくらい大したことじゃない」

小さく笑みを浮かべそっと手に触れると、メイベルは照れたように微笑む。

吐き気が込み上げてくるのを感じながらも、俺は続けた。

「記憶を失って、不安なことも多いだろう。何かあれば俺にすぐに言ってくれ。お前のためなら、何でもするから」

「ありがとう……ルーファス」

メイベルは「あなたがいてくれて良かった」と感激したように瞳を潤ませ、俺の手を握り返す。

――完全に俺を信用させ、絶対にこの女を地獄に落としてやると、固く誓った。

＊　＊　＊

エリザの身体に入ってから、半月が経った。

あの日以来、ルーファスがヘインズ男爵家を訪れることはなく、やはり私が入れ替わっていることには気付いていないようだった。

ジェラルドから聞いた話を考えれば、当然だろう。

メイベルは記憶が欠けていると嘘を吐いており、私のことをよく知るジェラルドがそれをフォローしているのなら、気付くことなど不可能なのかもしれない。

何より、薬で倒れたばかりの私にメイベルとの入れ替わりを疑うなんて、優しい両親や友人達にはできない気がした。

「ルーファスは今頃、何をしてるのかな」

恋心を自覚してからというもの、彼のことを考える時間は多くなるばかりだった。

会いたい、声が聞きたいと何度思ったか分からない。

私の身体に入ったメイベルがルーファスと親しくしていることを思うと、心が軋《きし》む。

「……しっかりしなきゃ」

私自身が行動しなければ、何も変わらない。とにかく今はジェラルドの信用を得た上で、外に出るきっかけを作るしかない。

時計を見ればそろそろジェラルドがやってくるいつもの時間で、私は軽く身支度を整えると、椅子に腰掛けた。

無理やり笑顔を作る練習をしていると、やがて聴き慣れたノック音が室内に響く。

返事をすればすぐに、ジェラルドが室内へと入ってきた。

「セイディ、おはよう。今日は君が好きだった花を買ってきたんだ」

「ありがとう、ジェラルド」

以前と何ひとつ変わらない爽やかな笑みを浮かべたジェラルドは、大きくて綺麗な花束を差し出してくれる。

同じく笑顔で受け取れば、彼は向かいの椅子に腰を下ろした。

──ジェラルドは週に六日ほど私に会いにきていて、日に三時間ほど一緒に過ごしている。

それ以外の時間はアークライト伯爵邸へ行ったり、家の仕事を手伝ったりしているという。

ジェラルドへの怒りを抑えつけながら、昔のように会話をするたび、心がすり減る思いがした。

「昨日も伯爵邸に行ってきたんだけど、みんなに変わりはなかったよ。ああ、ルーファス・ラングリッジも来ていて、ずっとメイベルに付き添っていたっけ」

「そうなんだ」

「完全にセイディだと信じ込んでいるようで、甲斐甲斐《かいがい》しく世話を焼いているみたいだ。本当に愚かだよね、信じられない」

ジェラルドには「私の入れ替わりに気付かないルーファスに、何を期待しても無駄」という嘘を吐いた以上、傷付いた顔などできない。

必死に無関心を装い、相槌《あいづち》を打つ。

ジェラルドはそんな私をじっと感情の読めない瞳で見つめていたけれど、やがてにっこりと満足げに微笑んだ。

「結婚式のことだけど、西の森の大聖堂はどうかな？　女性に人気だと聞いたんだ」

今は嬉しそうな様子で話しているけれど、結婚式をしようと彼を説得するのには、かなりの時間がかかった。ジェラルドはやはり私を外に一切出したくないらしく、難色を示していたのだ。

それでも、こんな目に遭って二度と家族にも友人にも会えないというのに、子供の頃からの夢も叶わないなんてあんまりだと涙ながらに訴え続けた結果、ジェラルドは折れた。

私に嫌われていてもいい、側にいてさえくれればなんて言っていたものの、私に少しでも好かれたいという気持ちはあるらしい。

他人の好意を利用することに抵抗はあるけれど、もう手段を選んでいる場合ではなかった。このままでは一生、私はこうしてジェラルドに監禁されたままになるだろう。

なんとかして足枷を外してもらい、外に出るチャンスを得るにはこれしかない。

「セイディ？　嫌だった？」

西の森にある大聖堂には、幼い頃に一度だけ両親と行ったことがある。

王都からは少し離れているものの、西の森はかなり広く入り組んでいるため、逃げ出した後、姿を隠すにはいいかもしれない。

ジェラルドからすれば人気がなく、好都合なのだろうけど。

そう思った私は両手を合わせ、はしゃいでみせる。

「ぜひ！　すごく嬉しいわ」

「良かった。僕達二人だけの小さなものにはなってしまうけど、許してほしいな」

「十分よ、いつもありがとう」

「愛する君のためなら、どんなことでもするから」

――本当に私のことを愛しているのなら、どうか自由にしてほしい。

喉元まで出かけたそんな言葉を飲み込み、笑顔を貼り付けて再び「ありがとう」と紡ぐ。

ジェラルドの愛の形は、ひどく独りよがりなものだ。

あんなにも優しかった彼が、どうしてこんな風になってしまったのか、気になっていた。

私は彼のことをよく知っているつもりでいたものの、結局のところ何も知らなかったのだ。

『……いつ、私を好きになったの？』

『今から十一年前、初めてセイディに会った時からだよ』

あの場所で会う前から私を知っていた、好きだったというのもずっと気がかりで、直接聞いてみることにした。

「ジェラルドは、どうしてそんなに私を好いてくれるの？　十一年前、どこで会ったの……？」

突然の私の問いにジェラルドは一瞬、両目を見開いたけれど、やがて昔を懐かしむように長い睫《まつ》毛《げ》を伏せた。

「少し話が長くなるけど、いいかな」

「うん、大丈夫だよ」

すぐに頷けば、ジェラルドは小さく息を吐き、静かに口を開く。

「……そもそも僕は、フィンドレイ侯爵家の人間じゃないんだ」

「えっ？」

「あの家の本物の息子はとっくに死んでいて、よく似ていた僕が身代わりとして引き取られただけ。生まれた時から孤児院にいた僕は、本当の両親の顔だって知らない」

「そんな……」

初めて知る事実に、戸惑いを隠せなくなる。

そんな私を見てジェラルドは眉尻を下げ、微笑んだ。

「セイディは幼い頃、慈善活動で伯爵夫人と共に孤児院や病院を慰問していただろう？　その時、君に出会ったんだ」

確かに私はジェラルドの言う通り、身体を乗っ取られる前、お母様と共に慈善活動をしていた。

お母様は昔から、ノブレス・オブリージュの精神を大切にしている人だったからだ。

それでも、子供の頃にジェラルドと出会った記憶は思い出せそうにない。

「ごめんなさい。私、あなたのことを覚えていなくて……」

「謝らないで、それは当然なんだ。君と会ったのはたったの二度だったし……僕は幼い頃、炎皮病にかかっていて目も当てられない姿をしていたから、今とは別人だったしね」

その言葉を聞いた瞬間、私は息を呑《の》んだ。

その病気については、もちろん知っていた。魔力が身体に合わないことが原因で発症する珍しい病であり、難病のひとつで、ひどい苦痛を伴うものだと。

ただでさえ治癒魔法使いは少ないというのに、病人と魔力の相性が合う者の治癒魔法でなければ完治しない。そのため、完治する可能性は限りなく低いはず。

まさかジェラルドにそんな過去があったなんて、私は想像すらしていなかった。

「全身が火傷《やけど》したように爛《ただ》れていて、包帯まみれで膿《う》んで悪臭を放っている僕に、誰も近づこうなんてしなかったよ。その上、孤児の治療なんて最低限以下でさ。どうせ適合する治癒魔法使いなんて現れず、そのうち死ぬと思われていたんだろうね」

ジェラルドがいたのは病院に併設されている孤児院だったらしく、生まれた時から病に冒されていた彼は病院の前に捨てられていたのだという。

そして病院で治療とは呼べない手当てを受けながら、寝たきりで過ごしていたと彼は言った。

「どうして僕は生まれてきたんだろうと、何度も思ったよ。ずっと苦しくて辛くて寂しくて、生きていても何ひとつ良いことなんてなかったから」

「……っ」

その苦しみは、私には想像もつかない。あの場所で奴隷として過ごすよりもきっと、ずっとずっと辛いものだったはず。

「でもそんなある日、君に出会ったんだ」

まるで他人のことのように、淡々とジェラルドは続ける。

「いつも治療も食事も何もかも後回しにされていたせいで酷《ひど》い状態の僕を見つけた君は、すぐに僕の扱いについて訴えてくれた」

「——あ」

少しずつ、おぼろげな記憶が蘇ってくる。

ひどく汚れた包帯を全身に巻かれ、ベッドに寝たきりで苦しむ子供が心配で、近くにいた病院の人間にそう訴えたことを思い出す。

けれど、お母様はその時席を外していて、子供ひとりだからと舐《な》められたのだろう。「忙しいから仕方ない」とだけ返されてしまった。

そして私は、それなら「私にやらせてほしい」と無理を言ったのだ。包帯に薬を染み込ませながら替えることくらいなら、子供だった私にもできるはずだからと。

「君は優しく声をかけながら、とても丁寧に僕の包帯を替えてくれたんだ。普通なら逃げ出したくなるような僕の姿を見ても嫌な顔ひとつしないで、自分が汚れることも厭《いと》わずに」

「…………」

「泣きたくなるくらい、嬉しかった。人としての扱いを受けたのは、生まれて初めてだったから」

あの日の私ができたのは、たどたどしい手つきで包帯を替え、声をかけることだけだった。

たったそれだけのことで、そんなにも喜ぶような人生をジェラルドは歩んでいたと思うと、視界がぼやけていくのが分かった。

「その後もう一度、優しいセイディは僕の様子を見に来てくれたよね。僕のことを覚えていて、僕に会いに来てくれたのが本当に嬉しかったんだ。たとえそれが、同情や哀れみだったとしても」

――そうだ、あれからもその子のことが心配で、一ヵ月後にもう一度訪ねた覚えがある。

するとと多額の寄付金をしているアークライト伯爵家の娘である私の行動が、上の人間の知るところとなったようで、現場の人々はかなり叱られたらしい。

その結果、待遇はかなり良くなったと知り、安心した記憶がある。

「僕にとって君は何よりも眩しくて綺麗で、天使みたいだった。ずっと感謝を伝えたかったんだ」

「ジェラルド……」

「本当にありがとう、セイディ」

声ひとつ発せず、包帯まみれで指先ひとつ動かせずにいたあの子が、男の子なのか女の子なのかも、当時の私は分からなかった。

それが目の前の彼だったと知り、言葉にできない感情で胸がいっぱいになっていく。

「私は、何も……っ」

気が付けば両目からは涙が溢れ、私は堪えるために唇をきつく噛むと首を左右に振った。

そんな私を見て、ジェラルドは眉尻を下げた。

「その後、奇跡的に適合する治癒魔法使いが現れて、病は完治したんだ。今の顔になってからは、呆《あき》れるほど周りも優しくなったよ」

ジェラルドは自嘲するように笑ったけれど、瞳には悲しみの色が浮かんでいる。

「そしてすぐ、亡くなった息子に瓜二《うりふた》つだという理由で僕はフィンドレイ侯爵家に引き取られた。フィンドレイ侯爵家では亡くなった『ジェラルド』として扱われて、本当の僕なんて必要なかったんだ。あの家に必要だったのは、この顔だけ」

「そんな……」

「結局、誰も僕自身を見てくれやしない」

ようやく長年苦しんだ病から解放されたというのに、そんなジェラルドを待っていたのは「死んだ人間の代わり」としての暮らしだったという。

だからこそジェラルドが元の身体に戻って事情を説明した後も、侯爵夫妻は悲しむ素振りすら見せなかったらしい。

あの家に必要なのは「息子に瓜二つの人物」であり、中身など些細な問題だからと。

あまりにも不幸な彼の生い立ちに、私はもう言葉ひとつ発せなくなっていた。

「――でも、君だけは違う」

ジェラルドはそう言うと、私の手をそっと握った。

「あんな姿の僕にもセイディは優しかった。『僕』を心配してくれた。僕にとって、君は光なんだ」

眩しいものを見るような眼差《まなざ》しを向けられ、彼が本気でそう思っていることが伝わってくる。

「それに元々、家族なんてどうでも良かったんだ。今更、血も繋《つな》がらない家族に愛されたいなんて思わなかったから」

「…………」

「引き取られた僕が唯一求めたのは、『セイディにもう一度会える立場』だった」

ジェラルドのそんな言葉に、私は息を呑んだ。

彼の言う通り、平民――それも孤児の立場では伯爵令嬢の私に会って話をすることなど、絶対にできなかっただろう。

「だからこそ、表に出るために必死にジェラルドに成り代わって、貴族としての教養を学んだよ。そうして血の滲《にじ》むような努力をして、ようやく君が参加するという貴族の子息子女が集まるパーティーに参加することができた」

私が七歳、ジェラルドが九歳の時、私が身体を乗っ取られる一ヵ月ほど前だったという。

「やっと会えたセイディは本当に綺麗で眩しくて、泣きたくなったよ。……けれど、君の隣には婚約者としてルーファス・ラングリッジがいた」

ジェラルドは吐き捨てるようにそう言うと、片側の口角を上げた。

「もう一度君に会えるだけで良かった、お礼を言いたかっただけだった。でもその瞬間、僕の中に込み上げてきた感情は間違いなく『嫉妬』だった」

「……っ」

「自分をなんて身の程知らずな人間だと思ったよ。僕とセイディは違う世界の人間なのに、僕なんかが望んではいけない相手だって、分かっていたのに」

　私の手を握るジェラルドの手に、力が籠もる。

「同じ空間にいても、セイディはあまりにも遠かった。君もあの男も、偽者の僕とは違うと思い知らされたんだ」

「ジェラルド……」

「幸せそうに笑い合う君達を遠くから見ているだけで、僕は声をかけることさえできなかった」

　あの頃の私とルーファスはとても仲が良くて、周りからもお似合いだと言われていた。

　私はルーファスが大好きで、どこに行っても彼の後を付いて回っていたことを思い出す。

「そんな中、君が突然変わってしまったという噂を聞いたんだ。婚約者とも不仲になったって」

　間違いなく、私とタバサが入れ替わった後だろう。

「僕は少しだけ期待をしながら、勇気を出して一度だけ声をかけたんだ。そうしたらあの女は、僕の顔がすごく好みだから仲良くしよう、って言って笑った」

「…………」

「こんなの、絶対にセイディじゃないと思った。僕みたいに顔の似た誰かと入れ替わったんじゃないかと疑ったよ」

　その後ジェラルドは、私について調べ続けたという。

「三年経った頃のある日、たまたま僕は身体を奪われてあの場所に囚《とら》われたんだ。すぐに分かったよ。君があのセイディ・アークライトだって」

ジェラルドはどこか興奮したようにそう言って、笑みを浮かべた。

その瞳は、ひどく熱を帯びている。

「生まれて初めて、神に感謝したよ」

「……え？」

「ルーファス・ラングリッジがいない中で、ずっと君の側にいられるんだから。僕はあの場所での暮らしは苦じゃなかったし、むしろ死ぬまであのままが良かった」

思い返せば、ジェラルドが戸惑ったような様子を見せていたのも初日だけで、一度も「元の身体に戻りたい」とは言っていなかったことに気付く。

「僕は中身が君であれば、何でもいいんだ。どんな姿をしていても、どんな立場でもいい」

笑顔でそう告げられた瞬間、ぞわりと全身に鳥肌が立った。

ジェラルドにとっての自分の存在の大きさが、恐ろしくなる。

そんな気持ちが顔に出てしまっていたのか、私を見てジェラルドは悲しげな表情を浮かべた。

「でも、本当はずっと黙っておくつもりだったんだ」

「……どうして、話してくれる気になったの？」

ジェラルドはふっと口元を緩ませ、指先で私の手の甲を撫でる。

「セイディは可哀想《かわいそう》な人間に優しいから」

「……っ」

「可哀想な僕を、見捨てないことを期待してるんだ」

私はジェラルドのことを何も分かっていなかったけれど、彼は私のことをよく理解しているのだと思い知らされる。

正直、彼の境遇に同情せずにはいられなかった。

私はあの場所で十年間辛い思いをしていたものの、生まれてから身体を乗っ取られるまでの間は家族や友人、婚約者に愛され、幸せに暮らしていたのだから。

けれど、ジェラルドはこれまでの人生全てにおいて孤独で辛い思いをしていたと思うと、再び涙が込み上げてきて、胸が痛んだ。

それでもジェラルドが今している裏切りを、絶対に許すことはできない。

「好きだよ。僕の人生で唯一望んだのが、君なんだ」

ジェラルドはそう言うと私の手を引き寄せ、まるで神に祈るかのように額に当てた。

「本当は恩人であるセイディにこんなことをするのは間違ってるって、分かっているんだ」

「…………」

「でも、君だけは諦めなかった」

ジェラルドは私の手をきつく握ったまま「ごめんね」と呟くと、長い金色の睫毛を伏せた。

――ジェラルドの言う通り、私はきっと『可哀想な人間に優しい』のだろう。

もしもこの話を数ヵ月前に聞いていたら、同じ気持ちはジェラルドに返せなくとも、側にいてあげたいと思ってしまったかもしれない。

けれど今はもう私達を裏切ったジェラルドを受け入れることなんて、できそうになかった。

「何よりルーファス・ラングリッジに君が惹《ひ》かれていくのを見るのも、これ以上耐えられそうになかったんだ」

「……っ」

不意に出されたルーファスの名前に、心臓がどきりと音を立てた。

ジェラルドは私が自分の恋心を自覚するよりも先に、気が付いていたらしい。私のことをずっと側で見ていたのなら、少しの変化も分かってしまうのかもしれない。

「セイディが僕を好きになってくれなくても良い。でも、他の人のものになるのは許せないんだ」

「………………」

「本当に僕は愚かで、自分勝手だ」

それからもジェラルドは何度も何度も、私への謝罪の言葉を繰り返した。

自分の感情を、上手く制御できていないのかもしれない。

しばらくして落ち着いたのか、ジェラルドは顔を上げた。そこにはいつも通りの笑顔があって、少しだけほっとする。

「急に話して、驚かせちゃったね。ごめん」

「……ううん。話してくれてありがとう」

もちろん驚いたし、彼には心の底から同情した。一方で恐怖に似た感情を抱いたのも事実だった。

それでも彼がここまでする、納得できる理由が分かったのは、少しだけ良かったと思えた。

ジェラルドの目的は本当に私だけで、みんなに危害を加えようとしているわけではないのだ。

「そうだ、結婚式の準備をしていたんだけど、君によく似合うドレスを見つけたんだ。セイディにはきっと純白がよく似合うだろうな」

それからは結婚式について、ジェラルドは嬉しそうに話し続けていた。衣装を仕立てるデザイナーに会うことも、事前にジェラルドの両親に会うこともないらしい。

本当に私がこの屋敷を出られるのは、結婚式の日、それも移動と式の間だけになる。

身体が入れ替わってしまった以上、魔法だって使えない。ジェラルドの隙をついて逃げ出すための方法を、慎重に考えなければ。

「ああ、指輪ももうすぐ完成するからね」

「……ええ。ありがとう」

「結婚式まで、あと一ヵ月だよ。楽しみにしていて」

こうして話をしているだけなら、これまでの優しいジェラルドと何ひとつ変わらないのに。

どうしてこんなことになってしまったのだろうと、ひどく悲しくて、泣きたくなった。

＊　＊　＊

「おはよう、マティルダ」

「おはようございます、エリザ様」

今日も私専属のメイドが、丁寧に世話をしてくれる。

二人いるうちの一人であるマティルダは、十八歳と同い年で黒髪がよく似合う女性だった。

「今日はとても天気がいいのね。窓から庭園の花達がよく見えて、嬉しくなったわ」

「それは良かったです」

最初のうちはこの部屋から出してほしい、私はエリザじゃないと必死に訴えては、可哀想なものを見るような視線を向けられていた。

けれど落ち着いてからは何かを求めることも、訴えることもやめている。穏やかであることを心がけて笑顔で過ごし、日常的な普通の会話のみを続けていた。

話し方も仕草も、なるべくメイベルが演じていたエリザ・ヘインズを心がけている。

──私が正常であると、伝わるように。

「朝食はエリザ様のお好きな魚がメインですよ」

「まあ、嬉しいわ！　楽しみ」

その甲斐《かい》あってか、最初は必要最低限だったものの、少しずつ会話をしてくれるようになった。

本当は今すぐにでも、両親やルーファスに取り次いでほしいと頼みたくなる。けれど絶対に焦ってはいけない、まだ早いと自分に必死に言い聞かせ続けていた。

「最近は外で、何かあるのかしら？」

「来週には狩猟祭が行われますよ」

「もうそんな季節なのね」

ずっとこの部屋に閉じ込められていることを不憫《ふびん》に思っているのか、外の様子も少しだけ教えてくれるようになった。

まだ尋ねたいことはあるけれど、今日はもう十分話をしたし、ここで切り上げるべきだろう。

「じゃあ、食事を終えたらまた呼ぶわね」

「かしこまりました」

また明日、彼女の好きそうな話題を振って会話を増やし、少しでも警戒心を解いてもらいたい。

そんな願いを胸に、焦燥感を抑えつけるように、テーブルの下できつく両手を握りしめた。

そして翌朝も、マティルダはやってきた。

「まずはお着替えをしましょうか。ジェラルド様から素敵なドレスをいただいていますから」

「ええ、ありがとう」

ジェラルドの瞳と同じ色のドレスに着替え、鏡台前に移動する。

「今日の髪型はどうされますか？」

「ジェラルドはおろしているのが好きみたいだから、ハーフアップがいいわ」

「ふふ、かしこまりました」

照れたふりをしながらそう伝えれば、微笑ましい眼差しを向けられた。

マティルダはジェラルドを理想の婚約者だと思っているようで、私が彼の話をすると少し嬉しそうにする。予想通りの反応にほっとしつつ、次の話題を振ることにした。

「ねえ、マティルダは恋人がいるの？」

「はい」

「まあ、素敵ね！　どんな方なの？」

それからは楽しげに相槌を打ち、彼女の恋人との話を聞くことに徹した。

「とある貴族のお屋敷で庭師をしているのですが――」

いつもよりも饒舌《じょうぜつ》になっており楽しそうで、やはりこれくらいの年齢の女性というのは、恋愛に関する話が好きらしい。

本当は早く結婚したいものの金銭的な余裕がなく、お互い仕事に明け暮れているのだという。

想像していた以上に深いところまで話を聞くことができ、少しずつ心を開いてくれているのを確信する。こんな状況でなければ、普通の友人みたいな関係になれたのかもしれないのに。

「狩猟祭にも一緒に行く予定なんです」

「そうなのね。羨ましいわ」

私の言葉に、マティルダは少しだけ悲しげな顔をした。この部屋から出られない私を、不憫に思ってくれているのだろう。

「きっといつか、ジェラルド様と一緒に行けると思います」

「ありがとう。お願いしてみようかしら」

そんな話をしているうちに、可愛らしい編み込みのハーフアップが完成していた。

メイド達はいつだって丁寧に身支度をしてくれる。この部屋から一歩も出ず、彼女達とジェラルド以外に会うことなんてないというのに。

「今日のドレスには、エリザ様のお気に入りの髪飾りがよく似合うと思います。お出ししても？」

「ええ、お願い」

よく分からないまま返事をすると、マティルダはクローゼットの中から鍵付きのジュエリーボックスを取り出した。

初めて見たけれど鍵付きなだけあり、中のアクセサリーはどれも高価なことが窺えた。中から大きなエメラルドが輝く髪飾りを取り出すマティルダを、鏡越しに見つめる。

「私はいつも大切なものって、ここにしまっていたの?」

「大切なものと言うより、高価なものでしょうか。以前メイドの一人が盗難騒ぎを起こしたので」

「そうなのね」

メイベルは一体、魔道具をどこに保管していたのだろう。タバサ達からの話を聞く限り、自分以外の他人を信用していないだろうし、誰かに預けたりはしていない気がした。

私の身体に入っている今なら、余計に隠しておくのは難しいように思う。とは言え、メイベルならば上手くやっているだろうけど。

「エリザ様はいつも『本当に大切なものは一番近くに置いていないと』と仰《おっしゃ》っていましたよ」

「一番、近くに……」

メイベルの言葉なんて到底信じられるものではないけれど、何となくこれは嘘ではない気がした。

肌身離さず魔道具を持ち歩いていたとすれば、今もアークライト伯爵邸にある可能性が高い。

「……どうにかして、誰かに連絡を取れたらいいのに」

とはいえ、そんな方法なんてなく溜め息を吐いていたところ、ジェラルドの来訪を知らされた。

「おはよう。そのドレス着てくれたんだ、嬉しいな。よく似合ってるよ」

「……ありがとう」

ジェラルドは私の姿を見て満足げに微笑んだけれど、自分の身体ではないのに似合っていると褒められても、嬉しいとは思えない。

それでも笑顔を返してソファに座るよう勧めると、ジェラルドは小さく首を左右に振った。

「僕がお茶を淹《い》れるね。君は座っていて」

そしてメイドを下がらせると、鼻歌なんて歌いながらお茶の準備を始める。

やけに機嫌が良く、何か情報を聞き出せないかと考えながら、様子を窺っていた時だった。

「実は結婚式の日取りが決まったんだ。来月の一週目の週末に」

「――えっ？」

今からあと一週間ほど先で、聞いていたよりもずっと早い展開に心臓が早鐘を打っていく。

「急いで準備を進めているから、明日からはあまり会いに来られなくなりそうだ」

「そう、なのね」

「うん。はい、どうぞ」

ジェラルドはティーカップを私と自身の前に置き、ソファに腰掛ける。

「着替えはこの屋敷で――……」

ジェラルドは結婚式について色々と説明し始めたけれど、焦燥感でいっぱいになり、一切頭に入ってこなかった。

この日を逃せばもう、私は二度と外には出られないという確信があった。

「――ディ？　セイディ？　聞いてる？」

「あ、うん。ごめんね」

それからも私は相槌を打つのに精一杯で、ジェラルドの話は何も頭に入ってこなかった。

ジェラルドが帰った後、私はベッドに倒れ込み、枕をきつく抱きしめた。

「……どうしよう」

魔法も使えない私が、結婚式の最中に一人で逃げ出すなんて不可能に近かった。誰か味方がいなくては成し遂げられないものの、この状況では頼れる人だって限られている。

本当はまだ時間をかけたかったけれど、仕方ない。

今日まで必死に考えていたことを行動に起こそうと、私はベッドから起き上がり、テーブルの上を片付けていたマティルダに声をかけた。

「ねえ、マティルダ。ひとつだけお願いがあるんだけど、いいかしら」

「……なんでしょう？」

私がそう声をかけると、彼女は少しだけ警戒する様子を見せる。

やはりまだ時期尚早だったと思いながらも、もう時間がない。私は気付かないふりをして、笑みを浮かべたまま続けた。

「実はね、ジェラルドとの思い出の花があるの。結婚式の当日にその花束を作っていきたいんだけど、私はここから出られないでしょう？　だからマティルダに手伝ってもらえたらなって」

「なぜジェラルド様にお願いされないんですか？」

「サプライズで渡したいの。彼に良くしてもらってばかりだし、少しでもお礼をしたくて」

心を病んで閉じ込められている私が、愛する婚約者のために結婚式の日に小さな花束を作って渡したいなんて願いは、側から見れば健気《けなげ》な花嫁に映るはず。

それでいて、花ならば危険性も問題もないと判断したのか、少しの後、こくりと頷いてくれた。

「分かりました。後でお花の種類をメモして渡してもらえますか？」

その返事に心底安堵しながらも、笑顔を作り続ける。

「ええ、もちろん！　本当にありがとう」

ジェラルドが喜んでくれるといいな、と胸の前で両手を組んで嬉しそうに微笑んでみせれば、マティルダも「そうですね」と笑みを浮かべた。

恋人を愛する彼女なら、こうしてお願いすれば了承してくれるかもしれないと思っていた。

優しいマティルダの善意まで利用することに罪悪感はあるけれど、私にはもう手段を選んでいる余裕はない。

「ふふ、忘れないうちに早速書くわね」

「はい」

私はそのまま机に向かうと、紙にペンを走らせる。絶対に間違えられないため、ひとつひとつしっかり思い出しながら、慎重に文字を綴《つづ》っていく。

「フェギュイと、オアエリスと……」

その様子を見ていたマティルダは、やがて軽く首を傾げた。

「初めて聞く種類ばかりです。エリザ様、お花に詳しいんですね」

「ええ。昔、少しだけ凝っていたことがあって。こういうのはしっかり覚えているものなのね」

この国では珍しいものでも、王都で一番大きな花屋に行けばきっと全て揃《そろ》うだろう。

やがて書き終えたメモを「お願いね」と渡すと、マティルダは笑顔で受け取ってくれた。

——どうか全て、無事に揃いますように。

今の私にできるのは、もう祈ることだけ。

不安や悲しみを必死に抑えつけると、私は結婚式が楽しみで仕方ない花嫁を演じ続けた。

◇第四章　愛情の形

そして、いよいよ結婚式の当日を迎えた。

「本当に素敵なドレスですね。ジェラルド様がエリザ様のためにオーダーされたそうで」

「……そうなのね。嬉《うれ》しいわ」

マティルダやメイドに囲まれた私は、幸せの象徴である純白のウェディングドレスに身を包み、美しく着飾らせてもらった。

けれど鏡に映る私は幸せとはかけ離れた酷《ひど》い顔をしていて、両手で頬に触れると、何度も何度も口角を上げる練習をした。

しっかりしなければと何度も自分に言い聞かせていると、男爵夫妻がやってきた。

その手には銀色の鍵があり、ここに来てからずっと嵌《は》められていた足枷《あしかせ》の鍵だと悟る。

「エリザ、とても綺麗《きれい》よ」

「ああ。お前の晴れ姿を見られて嬉しいよ」

男爵夫妻は涙ながらに、感激した様子で何度も何度もドレス姿の私を褒めてくれた。その度に私はエリザではないと否定したくなり、胸が押し潰されそうになる。

本来こんな形で着るべきではなかったと、ジェラルドを恨まずにはいられない。

どうか楽しんできてほしいと言う男爵夫人はそっと足枷を外してくれ、両足が自由になる。

ようやく逃げ出す機会を得て嬉しいはずなのに、足枷が擦れてできた痣《あざ》を見ていると、悲しさばかりが胸の中に広がっていく。

「すごく綺麗だね。今日という日を迎えられて本当に嬉しいよ」

「ありがとう。あなたも素敵だわ」

やがて私を迎えにきたジェラルドは、純白のタキシードに身を包んでいた。美しい彼の容姿によく映えており、メイドや男爵夫妻も感嘆の溜《た》め息《いき》を漏らしている。

「行こうか。……その花束は？」

「今日のために作ったの。気に入ってくれた？」

「うん、とても可愛《かわい》いね。君らしい可憐《かれん》さだ」

マティルダは約束通り私がお願いした花を用意してくれ、昨日の昼にこっそり届けてくれた。

私が昨晩のうちに可愛らしい花束にし、今はリボンをかけて抱えている。

ジェラルドも花束を褒めてくれ、私は花束から数本の花を引き抜くと、ジェラルドの胸ポケットにそっと差し入れた。

「あなたにもどうぞ。よく似合ってるわ」

「ありがとう」

嬉しそうに微笑《ほほえ》んだジェラルドは、男爵夫妻に挨拶を済ませ、私の手を取った。

そして玄関ではなく裏口から屋敷《やしき》を出て、停《と》めてある馬車にすぐに乗り込む。

「こんな馬車でごめんね。揺れは魔法で軽減させるから」

「大丈夫、気にしないわ」

馬車も貴族が普通使うようなものではなく荷物を運ぶための簡素なもので、中に私や彼が乗っているなんて誰も想像すらしないだろう。

私とメイベルが入れ替わっていることに誰も気付いていないとしても、ルーファスだって男爵邸を先日訪れていたし、メイベルの現在の様子は気になっているはず。

だからこそ、ジェラルドはこんなにも警戒しているに違いない。今日一日を無事に終えるため、ジェラルドは入念な準備をしていることが窺《うかが》えた。

「今日があまりにも楽しみで、昨晩はあまり寝付けなかったんだ。セイディと出会ってから、ずっとこんな日を夢見てたから」

本当に浮かれているようで、ジェラルドの口数はやけに多い。どうかそれが油断に繋《つな》がることを願いながら、彼の楽しい気分に水を差さないよう笑顔で相槌《あいづち》を打つ。

──きっと、私が逃げ出せるタイミングはほんの一瞬だけ。

私はきつく両手を握りしめると、口角を上げたまま塞がれている窓へ視線を向けた。

三時間ほど馬車に揺られ、やがて西の森に到着した。

人気は全くなく森の入り口で馬車から降りた私達《わたしたち》は、そのまま舗装された道を歩いていく。

「……わあ」

やがて大聖堂の前で足を止めた私は、その美しい外観につい見惚《みと》れてしまった。子供の頃に見た時よりもずっと美しく、神聖なものに見える。

じっと見上げていると、不意にジェラルドに手を摑《つか》まれた。

「ごめんね、あまり時間がないんだ。行こうか」

「ええ」

そうして誰もいない大聖堂の中に足を踏み入れると、私達は誰からも祝福されることなく、ウェディングロードを歩いていく。

――今が一番、ジェラルドが油断しているタイミングだろう。

そっと隣を見上げれば、ジェラルドは幸せそうな笑みを浮かべており、これから自身がすることを思うと罪悪感を覚えてしまう。

けれど私はきつく唇を嚙《か》んで心を決めると、ぴたりと足を止め、俯《うつむ》いた。

すぐにジェラルドも歩みを止め、私の顔を覗《のぞ》き込《こ》む。

「セイディ？　どうかした？　どこか具合でも――」

「……ごめんなさい」

「え？」

私はその瞬間、手に持っていた花束を解くと、花々をジェラルドの顔目掛けて撒《ま》き散《ち》らした。

「ぐあ……っ」

ジェラルドは目元を片手で覆うと苦しげな声を漏らし、片膝をつく。彼の目からは止めどなく涙が溢《あふ》れ出《だ》し、しっかり効いたのだと安堵《あんど》した。

「な、に……を……」

私は再び「ごめんなさい」と謝罪の言葉を紡ぐと靴を脱ぎ捨て、彼に背を向けて走り出した。

背中越しにジェラルドの声が聞こえたけれど、必死に足を前へ前へと動かす。

――これはあの場所で、女性達の間で身を守るために教えてもらったものだった。

あの場所に生えていた特定の花の花粉を組み合わせると催涙効果が生まれ目に激痛が走り、しばらく何も見えなくなるという。

立場も力も弱い女性達はこのような、護身用の知識を身につけていた。私も一度襲われかけ、ジェラルドに助けられた後、以前からいた女性に教えてもらったのだ。

まさかただの花束にそんな効果があるなんて、誰も想像しないはず。

ウェディングドレスに着替える際、メイド達に入念に余計なものを持っていないか確認されたことにも気が付いていた。

だからこそ武器を持たない私が危害を加えるなんてことは、予想していなかったのだろう。

「はあ……っはあ……」

ずっと部屋に閉じ込められていたせいで体力が失われており、息が苦しくて肺が痛くて、足が重い。

それでも止まってはいけないと自分に言い聞かせ、走り続ける。

開けた場所から少し先の森まで、あと二百メートルほどだろうか。木々が生い茂る森の中にさえ入ってしまえば、逃げ切れる可能性はかなり上がるはず。

「おい、待ちやがれ！」

すると後ろから見知らぬ男達が追いかけてくるのが見えて、息を呑《の》む。

やはりジェラルドが簡単に逃がしてくれるはずなんてなかったのだと、嫌な汗が背中を伝う。

体力もなくウェディングドレスを着た私と玄人《くろうと》の彼らでは、すぐに追いつかれるのなんて目に見えている。

それでも諦めて立ち止まることなんて、できるはずがなかった。

ここで捕まってしまえば、私だけでなくエリザもノーマンも入れ替わったまま、一生を過ごすことになるかもしれない。

必ず逃げ切って真実をみんなに伝え、メイベルから魔道具を奪わなければ。

「絶対に、捕まえろ！　たとえ手足がなくなっても、生きてさえいればいい！」

「……っ」

大聖堂からふらふらと出てきたジェラルドの言葉に、ぞっと背筋に冷たいものが走る。

本気でそう思っているのが伝わってきて、その歪《ゆが》みきった愛情が恐ろしくなった。彼は本当に私の魂が入ってさえいれば、何でもいいのだ。

大切なエリザの身体《からだ》を傷付けるわけにはいかないと、痛みや苦しさを堪えて走り続ける。

「あ、っ……！」

あと少しで森の中に逃げ込めるというところで、男の一人が放った魔法攻撃が足に当たり、激痛と共にバランスを崩した私は地面に倒れ込む。

「う、……っく……」

膝から下が火傷《やけど》のようになっていて、もうこの状態では走ることなど不可能だった。そう分かっていても諦めたくなくて、痛みを堪え立ち上がろうと地面に両手をついた時だった。

「――セイディ！」

聞き間違えるはずのない彼の声が耳に届き、顔を上げる。

視線の先にはやはりルーファスの姿があって、視界が揺れた。

「……ど、して」

どうして、ここにいるんだろう。

どうしてこの姿の私を「セイディ」と呼んでくれたんだろう。

分からないことばかりだけれど、駆け寄ってくるルーファスの顔を見た瞬間、心底安堵した私は、ずっと堪えていた涙が溢《あふ》れて止まらなくなっていた。

「遅くなってすまない、大丈夫か？」

「……うー……っ……」

言いたいことはたくさんあるのに、言葉が出てこない。

けれど私に触れた彼の優しい手のひらの温《ぬく》もりから、夢や幻なんかではないと知る。

泣きながらルーファスの腕を縋《すが》るように摑めば、何度も「すまない」と謝罪の言葉を繰り返し、私の背中を撫《な》でてくれた。

「おい、その女を返してもらおうか」

けれど私を追ってきた男達が側まで来ると、ルーファスの纏《まと》っていた空気が変わる。

「……少し待っていてくれ。すぐに終わる」

立ち上がるとルーファスは剣を抜き、向かってくる男達を一瞬にして斬り伏せた。あまりの速さに私は何が起きたのかも分からず、呆然《ぼうぜん》とその背中を見つめることしかできない。

やがて彼の視線は、大聖堂の前に立つジェラルドへと向けられた。まだ先程の花の効果が続いているらしく、顔色は悪く、立っているだけでやっとに見える。

花で目を見えなくしたのだと伝えれば、ルーファスは「そうか」とだけ呟《つぶや》く。

「――ふざけるな」

そんな中、辺りにはジェラルドの声が響いた。

びくりと身体が跳ねた私に、ルーファスは大丈夫だと優しく声をかけてくれる。けれど、ジェラルドを見つめる眼差《まなざ》しは今までに見たことがないくらい、冷え切っていた。

目は見えておらずとも、誰が私を助けに来てくれたのかを察したのだろう。

「邪魔をしやがって……セイディから離れろよ！」

ジェラルドが手のひらをこちらへ向けた瞬間、刃のように鋭い風がこちらへ向かってくる。

「セイディ、下がっていろ」

私を背に隠したルーファスも風魔法で応戦し、耳をつんざく大きな音や激しい風が轟《とどろ》く。

目が見えない状態のジェラルドと騎士団長を務めるルーファスでは、勝負は見えている。

「ぐ、あっ！」

やがてジェラルドの身体が大聖堂の壁に激しく叩《たた》きつけられ、ずるずると地面に倒れ込んだ。

頭を打って意識を失ったらしく、動かなくなった。ルーファスはジェラルドの側へ行くと、取り出した道具で手足を拘束した後、魔道具を使ってどこかへ連絡をした。

「すぐにケヴィンが来るはずだ。……本当に遅くなってすまなかった、辛《つら》い思いをしただろう」

「……っ」

再びこちらへ戻ってきたルーファスに抱きしめられ、優しい声にまた涙が止まらなくなる。

ルーファスは怪我《けが》をした私を抱き上げてくれ、ひどく重たい身体を預けた私は、大好きな香りと体温に包まれたまま意識を手放した。

＊　＊　＊

次に目が覚めた時、私はケヴィン様の屋敷のベッドの上にいた。

ずっと側にいてくれたらしいルーファスは、泣きそうな顔で私の手を握りしめている。上手《うま》く声が出ない私にルーファスは一杯の水を飲ませてくれ、悔やむような表情を浮かべた。

「……本当に遅くなって、すまなかった」

ルーファスが謝ることなんて何ひとつないと告げれば、彼は小さく頭を振る。

足の怪我も意識がない間に治療してくれたらしく、痕にならないそうで安堵した。

「どうして私がメイベルじゃないって分かったの？　もしかしてみんな気付いてるの？」

「いや、俺だけだ」

そしてルーファスは、誕生日パーティーの日からこれまでのことを話してくれた。

少しずつメイベルに違和感を覚え、やがて確信に変わったこと。

周りの人間を疑いたくはないものの、こちらに協力者がいなければあの場での入れ替わりなどできないはずだと思い、誰にも言わずにいたこと。

騙《だま》されたふりをしてメイベルを油断させ、魔道具のありかを探っていたこと。

エリザの身体に私が入っているはずだと考えながらも、私の身の安全が分からない以上、男爵邸に無理に押し入ることもできず、毎日見張りを置いて監視していたこと。

そして私達が乗る馬車の後をつけた見張りから報告を受け、すぐに向かってくれたことを。

「……っ」

こうして助けに来てくれたことはもちろん、ルーファスが、メイベルが私ではないと気付いてくれたことが本当に嬉しかった。

彼が気付いてくれなければ私は今頃、追っ手から逃げることができずジェラルドの怒りを買い、どうなっていたか分からない。

ジェラルドはタバサ同様に屋敷の地下牢《ろう》に閉じ込めており「セイディを返せ」と人が変わったように暴れ、抵抗し続けているという。

『絶対に、捕まえろ！　たとえ手足がなくなっても、生きてさえいればいい！』

大聖堂でのことを思い出すと、全身の血が冷える思いがした。

思わず両腕で自分を抱きしめれば、ルーファスは「もう大丈夫だ」と言ってくれる。

「よく頑張ったな。セイディがあの場で逃げ出していなければ、助けられなかったかもしれない」

「ううん。本当に、助けてくれてありがとう」

ルーファスの右手を両手でそっと包み、黒曜石の瞳をまっすぐに見つめる。

改めてルーファスが好きだと、こうして会えて本当に良かったと、心から思う。

「これから、どうしたらいいのかな」

メイベルを捕らえたところで、魔道具のありかを吐くとは思えない。

刺激して彼女が万が一、自ら命を絶てば、私もエリザも命を落とすことになる。迂闊《うかつ》な行動は絶対にできないと、ルーファスは目を伏せた。

やはり魔道具を奪い、それぞれが元の身体に戻るしかない。

「裏切り者がフィンドレイだと発覚した以上、三人にも全てを話し、協力をお願いして魔道具を探した方がいいだろうな」

「……そうだね」

ニール、エリザ、ノーマンは私が再び身体を奪われたこと、ジェラルドが裏切ったことを知れば心を痛めるはず。

それでもいつかは知ることとなるし、ルーファスだけに全てを任せるわけにはいかない。

「お願いします。みんなには私は元気だから！　って伝えてね」

「ああ」

みんなへ手紙を認《したた》めることにはしたものの、私はここで何もできないままだと思うと、歯痒《はがゆ》くて仕方ない。

けれどルーファスは、誰よりも辛い目に遭っていたのだから当然だと、励ましてくれた。

「ルーファス、何から何まで本当にありがとう。あなただって被害者なのに」

「気にしないでくれ。俺はセイディのためなら何だってするから」

そんな言葉に少しの戸惑いと、こんな時なのに胸の高鳴りを覚えてしまう。

「……本当に、無事で良かった。姿を見るまで、生きた心地がしなかった」

今にも消え入りそうな声からは、本当に心配をかけてしまったのが伝わってくる。

私はルーファスの大きな背中に腕を回すと、黙ってあんな作戦を実行したことを謝り、改めてこれまでのことに対してお礼を告げた。


二日後の晩、ケヴィン様のお屋敷で静かに過ごしていたところ、血相を変えたルーファスがやってきた。これほど彼が焦った様子を見るのは初めてで、心臓が嫌な音を立てていく。

ルーファスは呼吸を整えると、目を伏せたまま口を開いた。

「──メイベルに悟られた」

「え？」

「フィンドレイとの連絡が途絶えたこと、そしてエリザの態度から、俺達が入れ替わりに気付いたと察したらしい」

「そんな……！」

やはり、私が再び身体を奪われたこととジェラルドの裏切りを知ったエリザが、メイベルが入っている「セイディ」に対してこれまで通り友人として接するなんて無理だったのだ。

もっと考え、気遣うべきだったと思いながらも、ジェラルドを解放できない以上、やはり時間の問題だったのかもしれない。

「気付かれたと察したメイベルは、騙されているふりをしながらノーマンに毒を盛ったんだ」

「……うそ」

「ノーマンはすぐに倒れ、メイベルは助けてほしければ自分を自由にしろ、金も何もかも一生困らないほど用意しろと要求してきた。そうしたら解毒剤を用意してやると」

メイベルはセイディ・アークライトとしての平穏な暮らしを失う以上、ここを離れるのが得策だと考えたに違いない。

けれど要求通りにすれば、私達がもう二度と元の身体に戻れなくなるのは目に見えていた。

私達が仲間を見捨てないと知っているからこそ、強気な態度でいられるのだろう。そもそも彼女自身が、私とエリザの命を握っているようなものなのだ。

いつだって、メイベルの方が上手《うわて》なことに変わりはなかった。

「メイベルは『フィンドレイの提案が面白かったから乗ってやったのに、本当に使えない男だ、失敗した』と呆《あき》れたように笑っていた」

「……っ」

「金や脱出経路を用意するのに三日やると言われて、戻ってきたんだ。本当にすまない」

「ルーファスが謝る必要なんてないよ。本当に、巻き込んでしまってごめんなさい……」

状況は最悪だけれど、このままメイベルの思い通りにいかせるわけにはいかない。

きつく両手を握りしめると、私はルーファスを見上げた。

「私をアークライト伯爵邸へ連れて行ってほしいの」

＊＊＊

「……本当に、あなたがセイディなの……？」

ルーファスと共にアークライト伯爵邸へ到着すると、泣き腫らした目をしたお母様やお父様、ニールによって出迎えられた。

こんな状況になってしまった以上、二人にも隠していられず、ニールが説明したと聞いている。

「っ……ごめんなさい、また心配をかけてしまって」

「あなたのせいじゃないわ、私達だって、また気付けなかったなんて……」

ひどく悔やんでいる様子のお母様は、大粒の涙をこぼし続けた。

私はどこまでも親不孝者だと胸が痛みながらも、絶対に元の身体に戻ると約束し、ノーマンがいるという部屋へルーファスとニールと共に向かった。

廊下を歩きながら私の入れ替わりに気付かなかったことを謝った後、ニールは肩を竦《すく》めた。

「……でも、まさかジェラルドが裏切るなんてね。元々どうかしてる奴《やつ》だとも、セイディへの執着も異常だとも思ってたけどさ。俺達は仲間だと思ってたのに、ほんと最悪すぎるよ」

ニールは戯《おど》けるように言ったけれど、その表情には悲しみの色が濃く浮かんでいる。私達五人の絆《きずな》は深いものだと、誰もが思っていたのに。

やがてノーマンがいる部屋のドアをノックすると、エリザの声が聞こえてきた。

「ノーマン……！」

遠目からでもベッドの上に横たわったまま意識のないノーマンの顔色は悪く、思わず駆け寄る。

メイベルによると一週間は死に至ることはなく、その間に解毒剤を摂取すれば助かるという。けれど、どう見ても一週間も持つとは思えない状態で、焦燥感が込み上げてくる。

「……本当に、ひどいよ……」

冷たいノーマンの手を握り、これ以上ないくらいの悔しさと悲しさに唇を噛《か》み締《し》めた。

メイベルの言うことなど信じられず医者にも診てもらったものの、どんな毒物だったのか特定できない以上、少しでも毒の回りを遅らせることしかできないらしい。

ノーマンを見つめていた私は顔を上げると、呆然と私の姿を見つめるエリザと視線が絡んだ。

「十八歳の私って、こんな姿をしていたのね」

「エリザ……」

あの場所から救い出した後、ずっとこの屋敷に籠もっていたエリザが自分の身体を見るのは十年ぶりだったのだと、今更になって気付く。

泣きそうな顔で微笑んだ彼女にかける言葉が見つからずにいると、エリザは「ごめんなさい」と今にも消え入りそうな声で呟いた。

「本当に、ごめんなさい……私のせいで、ノーマンが……っ……」

「エリザのせいじゃない！　ジェラルドが裏切った以上、遅かれ早かれこうなっていたもの」

「ううん、それに、あなたがこんなことになっていたことにも、気付かない、なんて……」

自分を責め、目に涙を浮かべるエリザを抱きしめる。

ずっと眠れておらず食事も喉を通らないようで、今にも倒れそうな彼女をどうか休ませてほしいとニールに頼み、私はルーファスと共にメイベルの元へ向かうことにした。


メイベルは正体が露見したあとも私の部屋を使っているらしく、屋敷の中央階段を上がっていき、自室へと向かう。

一ヵ月ほどしか離れていなかったはずなのに、何もかもが懐かしく、恋しく思える。

「大丈夫か？」

「……うん」

ドアの前に立つと、私はノックすることなく「私、セイディよ」と声をかける。

すると楽しげに笑う自分の声と共に、入るよう返事があった。心配そうな様子のルーファスには下に戻っているよう伝えて、一人で中へと入る。

「あら、元気そうじゃない。何の用かしら？　もう金の準備は終わったの？」

「………………」

私の身体──メイベルはソファに背を預けて足を組み、優雅にお茶を飲んでいるところだった。

その余裕たっぷりな態度に強い怒りを覚えながらも、私は深呼吸をし、口を開いた。

「本当にお金や脱出手段を用意すれば、ノーマンの解毒剤を用意してくれるの？」

「私が解毒剤を用意しないと言ったら、お前達は何もできないまま、お仲間が死ぬのを見てるだけでしょう？　それなら私の言うことを聞いた方がいいと思わない？」

心底馬鹿にしたような態度に、吐き気がする。

私はきつく両手を握りしめると、メイベルをまっすぐに見つめた。

「魔道具はどこ？」

「お前は本当にバカねえ、正直に答えるはずがないじゃない。……ああ、でも私は優しいから、可《か》哀想《わいそう》なお前にヒントをあげる」

「…………」

「この屋敷のどこかにあるわ。残りの二日、せいぜい必死に探してみなさい」

メイベルの言うことなんて、あてにならないと分かっている。

何より本当だとしても、絶対に見つからないという自信があるからこそ、楽しむような素振りを見せているのだろう。それでも。

「……そう、それなら勝手にそうさせてもらうわ」

私はそれだけ言うと、自分の部屋の中を探し始めた。

「あははは！　滑稽ねえ」

どんなに馬鹿にされたとしても、今の私にはもう魔道具のありかを探すことくらいしかできない。

ノーマンを絶対に見捨てられない私達は、二日後にはきっとメイベルを解放してしまう。

机やクローゼットの中身を引っ張り出し、必死に探していく。そんな中、ふと昔お祖父様に貰《もら》って大切にしていた短剣を見つけた。

子供にはまだ早いとお父様に言われて、ずっと仕舞っていたものだ。

「ふわあ……じゃあ、私は少し寝るわ」

ベッドに呑気《のんき》に横になったメイベルの喉に突き立ててやりたい気持ちを抑えつけると、私は再び机の中にナイフを戻し、別の場所を探し始めた。

＊　＊　＊

「あーもう、全然見つからないね」

ニールは苛立《いらだ》ったように前髪をくしゃりと掴み大きな溜め息を吐くと、引き出しを閉めた。

――アークライト伯爵邸に戻ってきてから、一日半が経《た》つ。

私はあれからもみんなと共に、魔道具を探し続けている。

メイベルが屋敷のどこかに魔道具があると話していたと伝えれば、ニールやみんなもその可能性は高そうだと頷《うなず》いていた。

——私とメイベルが例の薬を飲んで倒れた後、すぐに私の身体は伯爵邸へ運ばれたという。

メイベルの性格を考えると、絶対に他人に預けはしないだろうというのも全員の考えだった。

『エリザ様はいつも「本当に大切なものは一番近くに置いていないと」と仰《おっしゃ》っていましたよ』

マティルダの言葉を思い返しても、これればかりは嘘《うそ》だと思えない。

メイベルは部屋からあまり出ていなかったと言うし、そもそもこの屋敷に詳しくない彼女が隠せる場所など限られているはず。

それでも一向に見つかる気配はなく、時間だけが過ぎていく。

「セイディ、少し休んだ方がいい」

「ううん、私は大丈夫よ。ルーファスこそ、仕事だってあるのに……」

多忙なはずなのに、ルーファスもずっと私達と共に行動してくれている。

「……もう、メイベルを解放するしかないのかな。エリザはノーマンが死ぬくらいなら、一生あの身体のままでいいってさ」

「…………」

ニールは眉尻を下げると「どうして俺達ばっかりこんな目に遭うんだろうね」と目を伏せた。

魔道具を探す傍ら、メイベルを解放する場合のお金や移動手段も手配していた。もちろん最悪の手段でしかないけれど、ノーマンのことを考えると行動しないわけにはいかない。

一方、メイベルはノーマンの命を盾にして、まるでこの屋敷の主のように振る舞っていた。

ハーラや使用人達も、朝から晩まで彼女の我が儘《わまま》に付き合わされている。

あんな人間の勝手がまかり通るなんて絶対に許されないというのに、神様はどこまで私達を苦しめれば気が済むのだろうと、やるせない気持ちになる。

「私もう一度、部屋を探してくるね」

「俺も一緒に行く」

そうしてルーファスと共に立ち上がるのと同時に、私達のいる部屋のドアが開いた。

「セイディ……っ！」

涙を流すエリザが中へと入ってきて、彼女はやがてその場に泣き崩れる。私は嫌な予感が的中していないことを祈りながらエリザの元へと駆け寄ると、何があったのかを尋ねた。

「ノーマンが、ノーマンが……っ……死にそうなの……！」

そう告げられた瞬間、頭が真っ白になった。


ニールが泣きじゃくるエリザを支え、四人でノーマンのいる部屋へと向かうと、そこにはベッドの上で痙攣《けいれん》を起こすノーマンの姿があった。

「――っ」

素人目でも、危険な状態だということがはっきりと分かる。

再びノーマンの姿を目にしたエリザは泣き崩れ、ニールも言葉を失い、立ち尽くしていた。

医者を呼びに行っているらしいものの、こんな様子では間に合うはずがないことも、手の施しようがないことも明らかだった。

私は目尻に浮かぶ涙を袖で拭うと、部屋を出てメイベルの元へと駆け出した。

ルーファスも私の後をついてきてくれていて、私がノックもしないまま部屋へ入ると、ベッドの上で寝転がり、メイドにマッサージをされていたメイベルは苛立った様子で眉根を寄せる。

私はそのまま詰め寄ると、服の首元を摑んで引き寄せた。

「解毒剤はどこ？　今すぐに使わないとノーマンが死んでしまいそうなの！　早く！」

「はあ？　何よいきなり」

「本当にもう時間がないの……！　お願いだから、解毒剤を出して！」

「あのねえ、そんな手には──」

最初は必死に訴えかける私をあざ笑っていたメイベルも、その様子から解毒剤欲しさの嘘ではないと察したのだろう。

初めてその表情から、余裕が消えた。

同時に、恐れていたことが現実になったのを察した。

「……まさか、解毒剤はそもそも、ないの？」

喉が詰まるような感覚がして、声が震える。

メイベルは我に返った様子を見せた後、片手で前髪をかき上げると、溜め息を吐いた。

「そうよ。解毒剤があると嘘をついて、時間を稼いで逃げるつもりだったの。あーあ、私も運の尽きかしら。この十年、何でも上手く行きすぎた結果の怠慢からかもしれないわ」

「なんてことを……！」

ぐっと肩を押せば、そのままベッドにメイベルを押し倒す形になる。

至近距離で、自分の顔と視線が絡む。

メイベルはぷっと吹き出すと、口角を上げた。

「万が一の時のために持っていたただの遅効性の毒で、詳しいことなんて知らないの。一週間は持つって聞いていたのに相性が悪かったのかしら、あははっ！」

自分の顔がこんなにも醜くて下劣な表情ができるなんて、私は知らなかった。

目からは堪えていた涙が、ぽたぽたと落ちていく。

「ふざけないで！」

思いきりメイベルの頬を叩くと、彼女は「自分の顔を叩いて楽しい？」と鼻で笑った。

目の前の女が憎くて殺したくて、もう一度頬を叩いたところで、ルーファスに止められた。

「セイディ、気持ちは分かるがお前の身体なんだ！」

「っだってもう、どうしたら……」

――このままでは本当に、ノーマンが死んでしまう。

それでも震える手で涙を拭った私は、まだ解決方法が残されていることに気付く。

「魔道具はどこ⁉」

ノーマンを今すぐに元の身体に戻せば、助かるはず。

きつくメイベルの肩を摑むと、彼女はなおもあざ笑うように声を立てて笑った。

「教えるわけないじゃない。私がこの身体に入っている以上、生ぬるーいお前達は、私を殺すのはおろか傷付けることもできないんだから」

「よくも……！」

「それに探したって、絶対に見つけられないわ。私は拷問されたって、絶対に口は割らない。どうせ殺されるなら、お前達を巻き込んで死んでやるから」

はっきりと言ってのけたメイベルはやはり、絶対に見つからないという自信があるようだった。

「ほら、こうしている間にノーマンだっけ？　もう死んでいるかもね」

「黙れ！　セイディ、こいつに構う時間が惜しい」

「……っ」

とにかく魔道具を探さなければと思っても、パニックで頭が上手く働かない。ルーファスはメイベルの身柄を拘束し、私はひたすら部屋の中を探し始めた。

「どこに……どこにあるの……」

震える手で、必死に棚の中、裏、ベッドの下などを見ていく。

昨晩までにもう、探せる所は全て探したのだ。あれだけ探して見つからなかったのに、今すぐに見つかるはずなんてないと、焦りと不安で押し潰されそうになる。

「大丈夫だ、ノーマンはまだ頑張っているはずだ。信じよう」

「ルーファス……」

「今は無作為に探すよりも、一度落ち着いて考えた方がいい」

私の背中を撫でながら、ルーファスは優しい声音で話しかけてくれる。

彼の言う通りだと探す手を止めた私は、何度か深呼吸を繰り返した。

「……ごめんね、ありがとう」

ルーファスのお蔭《かげ》で少し落ち着き、頭が働くようになった気がする。

そっと目を閉じ、改めて考えてみる。

──もしも私がメイベルだったとしたら、絶対に肌身離さないはず。

これまでの行いを考えれば誰も信じられないし、魔道具を失えばこれまで築き上げてきた全てを失うことになるのだから。

けれど先程調べた時にも、メイベルが魔道具を隠し持っている様子はなかった。部屋の中だってくまなく探したし、隠し場所だって限られているはず。

なぜメイベルはあんなにも、強気でいられるのだろう。

「ルーファスは絶対に見つからない場所って、どこだと思う？」

「手の届かない、目に見えない場所くらいしか思いつかないが、そんな都合の良《よ》い隠し場所がこの屋敷の中にあるとは思えない。

「……手の届かない、目に見えない場所……」

確かにそれくらいでなければ、いつだって用意周到なメイベルが強気でいられるはずがない。

『エリザ様はいつも「本当に大切なものは一番近くに置いていないと」と仰っていましたよ』

そしてふとまた、マティルダのそんな言葉が脳裏に蘇《よみがえ》る。

「――まさか」

点と点が線で繋がる感覚がして、私は跳ねるように顔を上げる。

そのまま立ち上がると机へ向かい引き出しを開けると、昨日見つけた短剣を取り出した。

そして縛られたままのメイベルの元へ向かうと、ドレスを捲《まく》り上《あ》げた。

「ルーファス、メイベルを押さえて！　お願い！」

戸惑いながらもルーファスはすぐに頷き、メイベルを床に押さえつけてくれる。

「何よ、痛いわね！　くそが！」

メイベルは必死に抵抗しているものの、私の身体でルーファスの力に敵《かな》うはずがない。

「――やっぱり、あった」

やがて太腿《ふともも》まで裾を捲り上げると、そこには見覚えのある薄い布が貼られていた。

無理やり剝がせばエリザの身体にあったものと同じような傷があり、自身の予想が当たっていることを悟る。

「ぐっ……やめろ！　離せ！」

メイベルも私が気付いたと察したのか、先程までの余裕が嘘みたいに抵抗し、暴れ始めた。

短剣を鞘《さや》から取り出し、心臓が早鐘を打つのを感じながらも、鋭く光る刃先をメイベルに――自身の身体へと向ける。

「セイディ？　一体、何を――」

ルーファスが息を呑むのと同時に、私は太腿の傷跡の上に短剣を振り下ろした。

「ぐあああっ！　いやああ、あああああ！　痛い痛い痛い痛い！」

肉を刺す感覚に吐き気を覚えながらも、唇を引き結び、ぐっと深く突き刺す。

そして短剣を引き抜くと、血が吹き出す傷口に迷わず指を差し入れた。

やがて指先に硬い感触を感じ、それを指二本で手繰り寄せて一気に引っ張り出せば、メイベルの絶叫が部屋中に響き渡る。

「これが……」

私の手には、血に塗《まみ》れた金色の棒――私達を長年苦しめ続けた魔道具があった。

――メイベルは魔道具を、自分の身体の中に隠し持っていたのだ。

私の身体を奪った後も、医者がグルであれば可能だったはず。

誰もがそんな可能性など疑わないし、普通に探したところで見つかるわけがなかった。

「……嘘、だろう」

ルーファスも信じられないという表情で、血塗れの魔道具を見つめている。

「ぐあああっ……あああああ……いだいっ……！　このクソ女、ゆるさないから、な……！」

痛みに耐えきれなくなったメイベルは暴れ、血が吹き出す脚を必死に押さえている。

この怪我や痛みが全て自分に返ってくると思うと、恐ろしくて仕方ない。

それでも大切な仲間を、未来を失う方がずっと怖かった。

「返せ！　っがえせええ！　それは、私の……っ！」

苦しみながらもメイベルは片手をこちらへ伸ばし、必死に取り返そうとする。

その様子から、この魔道具が本物なのだと確信した。

ノーマンの容体も一刻を争うし、今すぐに自分の身体を取り返すべきだろう。

「ルーファス、今から元の身体に戻るね」

「……ああ。そうしたらすぐに、手当てをしよう」

辛そうな表情を浮かべたルーファスは、私の身体の傷を心配してくれているようだった。

「…………」

既に魔道具にはメイベルが入った私の血が付いているため、これをこの身体に刺すだけでいい。

正直、怖かった。

私やみんなの人生を狂わせたこの魔道具を自ら使うなんて、怖くないはずがなかった。

それでもこれで、全てが解決するはず。ノーマンだって絶対に助かる。

そして、きつく魔道具を握りしめた時だった。

「セイディ！　ノーマンがもう、本当に――」

突然ドアが開き、目に涙を溜《た》めたニールが入ってくる。

ニールは血塗れの私達を見て言葉を失ったものの、私の手の中にあるのが何なのか、すぐに察したようだった。

「まさか……っセイディ、早く！　医者が到着したけど、本当にもうノーマンは限界みたいだ！」

「分かったわ！」

そして魔道具を突き刺そうとした瞬間、私は息を呑んだ。

「――え」

先程メイベルの脚に突き立てた短剣が、私の身体の左胸に突き刺さっていたからだ。呆然とする私を見て、メイベルは口から血を吐き出しながら、にやりと笑ってみせた。

魔道具が私達の手に渡った以上、彼女は全てを失うことになる。死罪だって確定だろう。

それならばいっそ、身体が入れ替わっているうちに私ごと自死しようとしているのだと気付く。

「くそっ！　ふざけるな！　ニール、医者を――」

ルーファスの声が室内に響き、頷いたニールがすぐに走り出す。

「……っ」

元に戻った場合、私は死ぬのかもしれない。けれどもう、悩んでいる時間なんてなかった。

「ねえ、ルーファス」

魔道具を握りしめ、数歩あとずさりする。

「私ね、ルーファスのことが、大好き」

そう告げた瞬間、ルーファスの両目が大きく見開かれる。

最後にこれだけは伝えられて良かったと、自然と笑みがこぼれた。

「セイディ！　やめてくれ、頼む！」

今にも泣き出しそうな顔で、ルーファスが私へ手を伸ばす。

――どうか、これでもう全てが終わりますように。

そう祈りながら、私は自身の手に魔道具の先端を突き立てた。

◇第五章　もう一度、ここから

「おはよう。セイディ。今日はいい天気だ」

今日もアークライト伯爵邸を訪れた俺は、ベッドの上で横たわるセイディに声をかけた。

――あの日、彼女が魔道具を使ってから二年が経《た》つ。

元の身体《からだ》に戻ったセイディは未《いま》だに目覚めず、ずっと眠り続けている。

胸部の傷は深く、なんとか命は取り留めたものの、いつ目を覚ますか分からないらしい。

今すぐかもしれないし、数年後かもしれない。

もしくは一生、このまま目覚めない可能性もあるという。

あの日セイディを救えなかった自分が――ただ彼女が目を覚ますことを祈ることしかできない今の己の無力さが、どうしようもなく憎かった。

だが彼女のお蔭《かげ》で魔道具はあの瞬間に完全に壊れ、全員が元の身体に戻ることができている。

「お前が好きだった花を買ってきたんだ」

いつしかベッドの側の花瓶の花を替えることにも、慣れてしまっていた。

騎士団長としての職務や次期侯爵としての仕事の合間を縫って、できる限り毎日こうしてセイディの元を訪れている。

そうしていつものようにセイディの手を握り、椅子に座って声をかけていると、室内にノック音が響く。やがて中へ入ってきたのは、エリザだった。

「こんにちは、ルーファス様」

「ああ」

エリザは金色の髪を耳にかけ、ふわりと微笑《ほほえ》むと、俺の隣にあった椅子に腰を下ろした。

彼女もよくセイディの見舞いに訪れており、こうして顔を合わせることも珍しくない。

「本当はノーマンも一緒に来る予定だったんですが、仕事が長引いているみたいで」

「そうか」

あの日以来、全員が本来の生活に戻り、平和に暮らしている。

とはいえ、メイベルとフィンドレイによって騙《だま》されていた男爵夫妻が全ての事実を知り、受け入れ立ち直るまでには時間がかかったそうだ。

仕方のなかったことではあったものの、我が子が二度も別人になっていることに気付かず、罪のないセイディを鎖で繋《つな》いで監禁していたのだ。

人の良《い》い男爵夫妻が自身を責めるのも、当然だった。

それでもエリザとこれまで失った時間を少しずつ埋めながら、穏やかに過ごしているという。

『メイベルは元々、我が家の清掃担当のメイドだったそうです。その頃の私はまだ幼くて、身の回りの使用人の顔しか覚えていなかったので、気付くことができませんでした』

メイドとして働きながらエリザを傍で見ていたからこそ、完璧にエリザ・ヘインズとして擬態することができたのだろう。

その後、メイベルはメイド達《たち》の中でいじめに遭い、不憫《ふびん》に思った男爵夫人が紹介したのが大司教の屋敷《やしき》での仕事だったらしい。

結局そこで盗みを働き、地下労働施設へ送還されたという。

そしてタバサ達と知り合い、大司教の屋敷へ忍び込む計画を立て、全てが始まったのだ。

『……母はメイベルを元々よく気にかけていたそうで、メイベルも母に懐いていたようです。まさかこんな形で恩を仇《あだ》で返されるなんて、と泣いていました』

そう話したエリザは、ひどく悲しげな表情を浮かべていた。

——メイベルは現在、国内で最も厳しい環境だというナポロフ監獄に収監されている。

死刑は確定しているが、これまで類を見ない事件のため慎重に進めているという。死ぬよりも辛《つら》い環境と言われている監獄での生活に苦しみ、いっそ殺してほしいと懇願しているそうだ。

エリザ・ヘインズとして愛されて過ごした十年とは、天と地どころの差ではないだろう。

ノーマンと入れ替わっていた男は、元に戻った後すぐに毒が原因で命を落とした。ニールと入れ替わっていた男も元に戻った後、口封じでメイベルによって殺されていたらしい。

地下牢《ろう》で拘束されていたタバサも重い刑罰は確定しているが、メイベルとは違い殺人を犯してはいないため、死罪は免れるそうだ。

「ニールもそろそろ帰ってくるんだろう」

「はい。来週、隣国から戻ってくるそうなので、セイディに早く会いたいと話していました」

辺境伯家の長男であるニール・バッセルも完全に元の暮らしに戻っており、今は家を継ぐための勉強として隣国へ留学している。

彼の場合は入れ替わった人間が大人しい性格だったこともあり、最後に会った時は「僕だけあまり苦労していないんだ」と苦笑いしていた記憶がある。

セイディが自身を犠牲にしてすんでのところで元の身体に戻ることができたノーマンも、今では弟達と共に幸せに暮らしている。

――あれから大司教が教会の代表として教皇の全ての罪を告白したことで、人間の身体を入れ替える魔道具の存在、そしてこれまで巻き込まれた人々のことが表沙汰となった。

死にたくないと懇願してきた大司教もあの暮らしを続けるのは死よりも辛いと考えたのか、己や教皇の罪を認め、事件のことを明らかにしたいと志願したのだ。

数多《あまた》の死者を出し、大勢の人間の人生を狂わせ――そして敬われていた教皇という存在がただの殺人鬼だった、と発覚したこの大事件は国中だけでなく他国にも広がって騒動となり、国王陛下も収束に尽力するまでとなった。

その結果、タバサの行いによって稀代《きたい》の悪女として人々から疎まれていたセイディも、不幸な事件に巻き込まれた女性として現在、誰からも同情される立場となっている。

俺の父も彼女やその両親の境遇に同情し、アークライト伯爵家の名誉回復に努めていた。

「みんな元通りになったのに、セイディだけが目覚めないなんて……」

目を伏せると、エリザはセイディの頭をそっと撫《な》でた。

「でも、セイディならきっと、ある日突然、おはようって起きてきてくれると思うの」

「……ああ」

エリザは困ったように微笑むと、また来ると言い伯爵邸を後にした。

俺は少しでもセイディの側にいたくて、仕事に行く時間ギリギリまでここで過ごすことにした。

真っ白な彼女の手を取り、そっと指を絡める。

握り返されることはないものの、この温かな体温に何度救われたか分からない。

「どうか、目覚めてくれ……お願いだ」

いつまでも目覚めないセイディの手に、縋《すが》り付《つ》く。

ただこうして祈ることしかできない己の無力さが歯痒《はがゆ》くて、嫌気が差す。

「守れなくて、本当にすまない」

何より俺はまだ、彼女に好きだと伝えることすらできていないのだ。


その後、騎士団本部に到着すると、夜勤を終えたらしいケヴィンに出会した。

「お疲れ様です、ルーファス。こちらは何の問題もありません」

「ありがとう」

「それと、ジェラルド・フィンドレイの方に変わりはないという報告も受けました」

――フィンドレイの身柄は、上位貴族専用の特別牢にて拘束されている。

大罪人であるメイベルと共謀した罪は重いが、彼もまた入れ替わりの被害者の一人であることも考慮され、今後の処遇についてはまだ決まっていなかった。

フィンドレイ侯爵夫妻は一度も彼の元を訪れておらず、実は失踪した息子を名乗る別人だったと言いふらしていると聞いている。

最初は罪を犯した息子を切り捨てるための出任せかと思ったが、本当の息子ではないというのは事実らしく、複雑な事情があるようだった。

俺もこれまでに何度か、ジェラルド・フィンドレイの元を訪れたことがある。

『…………』

セイディがあの状態になったと知らされてからというもの、何ひとつ言葉を発せず、魂が抜けたような状態で過ごしていた。

ただ牢の中で座り、どこか遠くを見つめているだけ。俺だけでなく誰に対しても二年間変わらずこの様子で、聴取にも一切答えない。

この男がしたことは絶対に許されることではないし、罪を償うべきだ。俺個人としてはセイディを傷付けたのだから、何度も殺してやりたいとさえ思った。

だが同時に、魔道具で人生を狂わされた過去を哀れむ気持ちがあるのも事実だった。

＊　＊　＊

そしてセイディが目覚めないまま、二年半の月日が経ったある日。

父に呼び出されて執務室へ向かうと「大事な話がある」と切り出された。

すぐに何の話かは、察しがついた。

「……第二王女様とお前の婚約の話が上がっている」

予想通りの話に、唇を噛《か》み締《し》める。

第二王女との婚姻を、国王陛下から軽い調子で提案されたことはこれまで何度もあった。

王女も俺に好意を抱いているらしく、アプローチをかけられることも少なくない。

それでもセイディの事件が表沙汰になり、元婚約者の俺もより同情される立場になったことで、無理に進めることはできなかったようだった。

だが、あれからもう二年半が経つ。

俺も二十四歳になり、とうに我が国の結婚適齢期を迎えている。次期ラングリッジ侯爵としても、いい加減に身を固める必要があることだって分かっていた。

何より教会派だった我が家は、教皇の犯した罪により立場が弱っている。そんな中、王家から婚姻を持ちかけられるというのはこれ以上ないほど、幸運なことだと理解していた。

だからこそ俺の気持ちを知っていてもなお、父はこの話をしたのだろう。至極当然だった。

それでも俺の答えは、決まっていた。

「俺はセイディ以外の女性を妻として迎えることなど、絶対に考えられません」

「彼女が目を覚ます確証も、たとえそうなったとしてもお前の求婚を受ける確証もないだろう」

「それでも構いません。その場合、独り身で生きていきます」

不肖の息子で申し訳ない、そうなった場合は分家から養子を迎えて跡継ぎにしてもらって構わないと迷いなく告げれば、父は「そうか」とだけ呟《つぶや》き、片手で目元を覆った。

親不孝者だという自覚はあっても、こればかりは絶対に譲れない。

俺にとって一番大切なものは、今までもこれからもセイディだという確信があった。

「私から陛下に断りの連絡を入れておく」

「……申し訳ありません」

父は椅子から立ち上がると、俺の肩を叩《たた》き、部屋を後にした。


それでも、どこから漏れたのか俺と王女が近々婚約するという噂《うわさ》が社交界で話題になっているとケヴィンから聞き、頭が痛くなった。

こういった噂は広まるのが早い上に、今回は相手が相手だけに迂闊《うかつ》に否定することもできない。

そしてそれは、アークライト伯爵夫妻の耳にも入ったらしい。

「どうか、ご自分の幸せに目を向けてください。十分よくしていただきましたから」

「……っ」

「勝手ながら私達はルーファス様を息子のように思っているからこそ、セイディの分も幸せになっていただきたいのです」

いつものようにセイディの元を訪れたところ、真剣な表情を浮かべた二人にそう告げられた。

俺の気持ちや行動が、二人にとって負担になっていることも理解できる。何より、俺のためだということだって分かっていた。

だが何年、何十年経ってもセイディを待つという気持ちに、変わりはない。

それを伝えれば二人は安心したような、けれど悲しげな顔で礼を言い、微笑んでいた。


セイディの部屋に案内された後は、いつものように側の椅子に腰を下ろした。

今日もセイディは穏やかに眠っているように、目を閉じている。エリザ達が来ていたのか、花瓶には彼女達がいつも見舞いに持ってくる花が生けられていた。

「……俺は、間違っているんだろうか」

ただセイディが好きで大切で、幸せにしたい。

子供の頃から、ただそれだけだったのに。

「だが、俺はもう二度と迷ったりはしない」

彼女のためならどんなことだってできるし、どんなものだって差し出せる。この命さえも。

もちろんセイディがそんなことを望まないことだって、分かっている。それでも、セイディの声を聞きたい、あの眩《まぶ》しい笑顔が見たいと願わずにはいられない。

「頼むから、目を覚ましてくれ」

そっと彼女の手を取り、祈るように額に当てる。

「……好きなんだ、愛してる」

目から一筋の涙がこぼれ落ちた瞬間、握りしめていた彼女の指先が、少しだけ動いた気がした。

＊＊＊

——声が聞こえる。大好きな人達の、優しい声が。
《おはよう、あなたの好きな花を庭に植えたのよ》
《ああ。お前は子供の頃から好きだったよな》
《ねえ、セイディ。今日はニールがセイディの好きなものばかりだからって、カフェのケーキを全部買い占めようとしたのよ》
《セイディ聞いてよ、俺、ずっと欲しかった資格が取れたんだ！　一番に聞いてほしくて、まっすぐここへ来ちゃった！》

《弟達もセイディに会いたいと言っていたよ。早く目が覚めるようお守りを作ったらしいから、ここに飾らせてくれ》

ありがとう、嬉《うれ》しい、おめでとうと返事をしたいのに、私は目を開けることすら叶《かな》わない。

そしてみんなは最後に必ず、悲しげな声で私の名前を呼ぶ。

それがどうしようもなくもどかしくて苦しくて、悲しかった。

《守れなくて、本当にすまない》

《セイディ》

そして一番よく聞こえてくるのはルーファスの声で、どれほど彼が私のことを心配し、想《おも》ってくれているかが伝わってくる。

必死に暗闇の中をもがいて叫んでも、声にならない。

みんなの元に帰りたいと強く念じた瞬間、どこからか笑い声が聞こえてくる。

それが自分の声だということに、すぐに気が付いた。

——本当に？　もう辛い思いなんてしたくないでしょう？　このままの方が楽じゃない？

確かに私はこれまで、人よりもずっと辛いことが多い人生だった。

人生のほとんどを身体を奪われて奴隷のように過ごし、いざ取り返しても世の中では嫌われ者の悪女として扱われ、信じていた仲間に裏切られて再び身体を奪われてしまったのだから。

それでも、私はセイディ・アークライトとして生まれてきたのを後悔したことはない。

優しい両親の元に生まれ、大切な人達に囲まれ、信頼できる仲間に支えられ――そして、大好きなルーファスと出会えたのだから。

《頼むから、目を覚ましてくれ》

ほらまた、ルーファスの声が聞こえてくる。

きっと彼は今、泣いている気がした。そしてそれが私のせいだということも分かっている。

《……好きなんだ、愛してる》

ルーファスのまっすぐな愛の言葉がどうしようもなく嬉しくて、泣きたくなった。

たくさん心配をかけてごめんなさい、私も大好きだよって、伝えたい。

この先もルーファスと一緒なら、どんなことだって乗り越えられるという自信がある。

――だから私はもう、絶対に大丈夫。

そしてみんなの元へ戻りたいと強く願った瞬間、目の前が明るくなった。

＊　＊　＊

ゆっくりと目を開けたものの眩しさに耐えきれず、すぐに目を閉じた。それでも何度か繰り返すうちに慣れてきて、視界がはっきりしていく。

「――セイ、ディ？」

ぼやける視界の中でも、目の前にいるのが誰なのかは、すぐに分かった。

「目が、覚めたのか……？」

声が嗄《か》れていて上手《うま》く出せないけれど、大丈夫だよと伝えたくて、握りしめられていた手を指先だけで握り返す。

ルーファスの手のひらの温《ぬく》もりを感じ、自分が生きていること、ルーファスの元へ帰ってこられたことを実感して、余計に視界がぼやけてしまう。

「セイディ……！　よかった、本当に、よかった……」

ぽたぽたと彼の瞳からは雫《しずく》が降ってきて、手の甲を濡《ぬ》らしていく。やはり声は上手く出ず、ゆっくりと口角を上げれば、ルーファスは子供のように泣きながら、私を抱きしめてくれる。

こんなにも心配をかけてしまったことを謝り、ずっと待ってくれていたことにお礼を言いたい。

そしてたくさんの大好きを、これから時間をかけて伝えていきたいと思った。

◇第六章　過去と未来へ

目を覚ましてから、二日が経《た》った。

『ああ……セイディ……本当にっ……本当に良かった……』

『お前ばかりが辛《つら》い思いをして……』

最後に見た時よりもずっと窶《やつ》れ、泣き崩れる両親の姿に胸が張り裂ける思いがした。

これからはもう、二度と心配をかけないようにすると固く誓う。

そして改めて医者に診てもらったところ、身体《からだ》には問題がないらしく、ほっとした。

「お嬢様、体調はいかがですか？　滋養に良《い》いお茶をどうぞ」

「これ、健康に良いお守りらしいです。たくさん買ってきました！」

「体調は大丈夫だよ。ハーラもティムも本当にありがとう」

ハーラは私が意識のない間もずっと身の回りの世話をしてくれたようで、私が目覚めた後はずっと泣き続けてくれた。

ティムも心配し続けてくれていたようで、こうして気遣ってくれる。今後は周りの人達《ひとたち》を今まで以上に大切にしていきたいと思いながら、ハーラの淹《い》れてくれたお茶をいただく。

「……それにしても、二年半も経っていたなんて未《いま》だに変な感じがする」

私からすれば、少し長く眠っていたような感覚で、みんなの容姿に変化があるのも不思議な感じがする。

鏡に映る私も十八歳から二十歳になり、記憶の中の姿よりずっと大人びていた。

「まだまだ人生は長いんです、二年半分なんてすぐに取り戻せますよ」

「そうだね。ティムのいつも言っていたパーッと楽しいこと、たくさんしたいな」

「任せてください！　ルーファス様に怒られない程度に」

「ふふ」

両親から話を聞いたところ、魔道具の存在や過去のことが全て明るみに出て、世間の私を見る目や風当たりも変わっているんだとか。

あれだけ嫌われていた悪女から可哀想《かわいそう》な被害者扱いなんて落ち着かないけれど、アークライト伯爵家の醜聞が払拭されたのなら、本当に良かった。

ラングリッジ侯爵家との関係も修復できたようで、安心した。

まだしばらく外出はできないみたいだけれど、こうしてみんなが一生懸命尽くしてくれるから、外に出たいと思うことも、不自由することもない。

「そろそろ皆様がいらっしゃるので、軽くお支度しましょうか」

「うん、お願い」

これからエリザとノーマン、ニールがやってくることになっている。

ノーマンやみんなも無事でもう心配することなど何もないと聞き、あの日の選択は間違っていなかったのだと、心の底からほっとした。

みんなは何度も眠ったままの私のお見舞いに来てくれていたらしいけれど、起きて会うのは二年半ぶりだと思うと、なんだかドキドキしてしまう。

そして着替えて軽く髪を整えてもらった頃、みんなの来訪を知らされた。

少しの緊張といっぱいの嬉《うれ》しさを胸に玄関ホールで出迎えると、エリザは私の顔を見るなり、ぽろぽろと大粒の涙をこぼした。

「セイディ、本当に目が覚めたのね……！　良かった……」

「……っ」

抱きつかれてつい一瞬びくりとしてしまい、それが伝わったのかエリザはくすりと笑った。

「大丈夫よ、中身はちゃんと私だから。あなたのよく知るエリザよ」

「ご、ごめんね。分かってはいるんだけど、なんだかまだ落ち着かなくて」

「当然だわ。あのメイベルに長い間奪われていた身体なんだから」

ゆっくり慣れていって、と笑う笑顔は私の知るエリザと同じで、少しだけ視界がぼやけた。

「ちょっと、俺達もいるんだからね。おはよう、セイディ」

エリザの後ろには記憶の中の姿よりも少し背が伸びたニールと、ノーマンの姿がある。

その姿からは、みんなが平穏に不自由なく暮らしているのが見て取れて、また涙腺が緩む。

「ああ。ずっと待っていたよ、セイディ。俺を救ってくれてありがとう」

深々と頭を下げたノーマンに顔を上げるよう言い、きつく抱きしめる。

「ううん、当たり前だよ。私こそ、待たせてごめんね」

私は二人にも抱きつくと、改めて全員が元の身体に戻った喜びを噛《か》み締《し》めた。


その後、私の部屋へ移動して四人でテーブルを囲み、みんなの近況報告を聞いた。

みんな平穏な日々を大切な人達と過ごしているようで、嬉しくなる。

「いちいち何でも驚いては感動してしまうから、両親がその度に気を遣っちゃって……」

「あー、分かる。俺も最初はそうだったよ」

普通の人にとっては当たり前のことでも、私達にとっては奇跡みたいなもので。二年半経っても
まだまだ慣れないと笑う姿に、笑みがこぼれた。

そんな中、ふとエリザとノーマンが顔を見合わせたかと思うと、ノーマンがエリザの手を握る。

どうしたんだろうと首を傾《かし》げる私の隣で、ニールは「あ、やっぱり？」と呟《つぶや》いた。

「実は俺達、結婚しようと思うんだ」

「えっ」

そして告げられた言葉に、あまりの驚きで手に持っていたティーカップを落としそうになる。

すかさずニールが支えてくれて事なきを得たけれど、私は呆然《ぼうぜん》と二人を見つめることしかできず
にいた。

「まあ、そんな気はしてたけどさ」

「黙っていてごめんなさい。どうしても一番最初にセイディに報告したかったから」

「ああ」

そう言って微笑《ほほえ》み合う二人は想《おも》い合う恋人同士そのもので、胸がいっぱいになっていく。

「お、おめでとう！　大好きな二人が結婚なんて……う、嬉しくて……」

「ふふ、ありがとう。セイディに喜んでもらえて良かった」

「ごめん……びっくりと、幸せな気持ちで……っ」

また涙腺が緩んでしまった私に、エリザがハンカチを差し出してくれる。

――あの村で支え合ううちに、家族愛や友愛だけでなく、恋愛感情も芽生えていったという。

きっと優しい二人は、私が目覚めるのを待ってくれていたのだろう。二年半もあったのだから、結婚の準備だって何だってできたはずなのに。

「本当に、本当におめでとう！　私、全力でお祝いするから！」

「ありがとう。エリザは必ず幸せにするから」

「うん、うん……！」

ノーマンの言葉に幸せそうに微笑むエリザを見ていると、余計に涙が溢《あふ》れて止まらなくなる。

これから結婚式の準備を始めるらしく、来年の春に式をする予定だそうだ。

今から楽しみで浮かれてしまう私に、三人はひどく優しい眼差《まなざ》しを向けてくれている。

「あーあ、俺もそろそろ結婚したいなあ。一人だけ何の予定もないなんて」

ぷう、と片方の頬を膨らませたニールに、私だって予定がないと言えば「いやいや」と呆《あき》れたような顔をされてしまった。

「セイディも結婚するでしょ、ルーファス様と」

「え、ええと……」

「まだ具体的な話はしていないんだ？」

確かにルーファスとお互いに好き合っているとは思うけれど、まだ目覚めたばかりだし、そういった話はしていない。

そもそも目が覚めてからも色々なことがありすぎて、元の身体に戻る直前に告げて以来、好きだと伝えることすらできていなかった。

けれどもちろん、そうなりたいという気持ちはある。そうしてもしもルーファスと結婚したら、なんてことを色々と考えてしまい、顔に熱が集まってくるのを感じた。

「セイディは相変わらず、可愛《かわい》いねえ」

「ルーファス様にも、タイミングや準備があるんだ。あまり俺達が言うことではない」

「そうだね。野暮なことを聞いちゃった」

三人から生暖かい視線を向けられ、じわじわと顔が熱くなっていく。

この先、ルーファスとずっと一緒にいられたなら、それ以上に幸せなことはないだろう。

ニールはなんだかんだ好き勝手できる今の自由な生活に満足しているらしく、恋愛はのんびりしていきたいと話していた。

改めて全員が元の身体に戻り、笑い合い、未来の話ができることに心から喜びを感じる。

「みんな幸せになって、本当に――……」

けれどそこまで言いかけて、私は口を噤《つぐ》んだ。

私が望み、思い描いていた未来には、あと一人いたから。

「……ジェラルドは、どうなったの？」

その疑問を口にした瞬間、場はしんと静まり返った。

みんな目覚めたばかりの私に気を遣ってか、ジェラルドの話はしなかった。

両親もルーファスも、そして三人も。

それでも私自身ずっと気になっていたし、あんな目にあっても彼のことが心配だった。

「……ジェラルドは、特別牢《ろう》にいるよ」

やがて口を開いたのはニールで、気まずそうに長い睫毛《まつげ》を伏せた。

特別牢というのは、上位貴族専用の牢だ。殺人などの重い罪ではない場合に、収監される。

一時とは言え大罪人であるメイベルと共謀していたのだから、もっと重い裁きが下ると思っていた私は、内心少しだけほっとしていた。

それでも二年半も牢の中で一人で過ごしているのだと思うと、胸は痛んだ。

「ジェラルドの処遇については、セイディが目覚めたら決めることになっていたの。体調が落ち着いてから話をするつもりだったんだけど……」

結局、ジェラルドが犯したのは私の誘拐と監禁という罪だけ。

本来なら貴族裁判で裁かれるものの、今回の場合はジェラルドも魔道具の被害者のため、私に処罰を決める権限を与えるという特別な計らいがあったのだという。

「ジェラルドは今、どんな様子なの？」

「俺達も何度か様子を見に行っているんだが、一切言葉を発しない。目も虚《うつ》ろで抜け殻みたいだ」

「……そう、なんだ」

ジェラルドにとっては、私と結婚して二人きりで暮らしていくという幸せな未来を失った上に、私があんな状態になってしまったのだ。

絶望し、そんな様子になってもおかしくはない。

私が二年半もの眠りから目覚めたことも、まだ彼は知らないという。

「セイディはどうしたい？　あ、もちろん今じゃなくても……」

「私、ジェラルドに会いに行く」

そう言うと、三人は戸惑った様子を見せた。

怖くないと言えば、嘘《うそ》になる。

それでも、ジェラルドにはもう一度だけ会っておきたかった。

「ジェラルドの処遇についても、本当に私が決めていいの？」

「ええ。私達はセイディのしたいようにしてほしい」

「ありがとう」

「セイディはもう、どうするか決めてるんだね」

「……うん」

——本当はこれから先もずっと、五人で笑い合って過ごしたかった。

けれど、二度とその願いが叶《かな》わないことも分かっている。大好きで大切な友人だったジェラルドはもういないし、あの頃には戻れないのだと思い知らされていた。

それからは、私の気持ちをみんなに話した。

三人とも驚いてはいたものの、私がそうしたいのならと同意してくれ、協力してくれるという。

「セイディは優しいね。でも、俺もあんなことがあってもジェラルドを嫌いになれないんだ」

「ああ。俺達もだ」

「……私達にとっては、家族だったもの」

あの場所で共に支え合い、過ごした時間は特別で、忘れたくても忘れられなくて。みんなも私と同じ気持ちだと知り、胸が締め付けられる。

どうかジェラルドにもみんなの気持ちを知ってほしい、そして裏切りの重さを理解し、少しでも省みてほしいと強く思った。

それから二日後、ルーファスが会いに来てくれた。

花束やお見舞いの品をどっさりと抱えてきて、あまりの量に笑ってしまったくらいだ。

「……その、フィンドレイに会いに行くと聞いたが、大丈夫なのか」

既にニールから話を聞いていたらしく、ジェラルドに会いたいと思った理由、そして彼の処遇についても話した。

ルーファスは少し躊躇《ためら》う様子を見せたものの、やがて頷《うなず》いてくれる。

「俺もセイディの気持ちを尊重するつもりだ。何かできることがあれば、協力させてくれ」

「ありがとう、ルーファス」

「だが、本当にそれでいいのか？　お前達を裏切って、あんな目に遭わせた相手だというのに」

「……うん、私にとってはこれが最善手だから」

ジェラルドの過去は、きっと私しか知らない。

もしも話せば誰もが彼に同情するだろうけれど、ジェラルドはそれを望まないだろう。

ルーファスは「そうか」と言うと、口角を上げた。

「私、ルーファスには助けられてばっかりだね。これからはたくさん恩返しさせてほしいな。私にできることなら何でもするから」

「俺に何でもする、なんて言わない方がいい」

「どうして？」

「下心しかないからだ」

「えっ……」

真面目で照れ屋なルーファスからそんな言葉が出てくるとは思わず、心臓が跳ねた。

「ル、ルーファスもそういうこと、思うの？」

「ああ。俺はいつだって、セイディに触れたくて仕方ない」

「……っ」

大きな手のひらでそっと頬に触れられ、黒曜石に似た瞳から目を逸《そ》らせなくなる。

「大丈夫だ、これ以上は何もしない」

動揺する私を見て微笑んだルーファスは、この二年半の間に大人びてさらに格好良くなった。女性達からのアプローチも後を絶たないと、ティムから聞いている。

次期侯爵であり騎士団の団長を務め、見目も良くて誰よりも優しいのだから、当然だろう。

『ルーファス様の人気、本当にすごいんだよ。あの第二王女様まで夢中だったし』

『ニール、余計なことを言わないの』

『いいじゃん、だってルーファス様がどんな相手からの申し出だって断り続けて、セイディだけを待ち続けてたことに変わりはないんだから』

ルーファスの立場を考えれば、それがどれほど困難なことかは私にも想像がつく。

それでもずっと私だけを想い、待ってくれていたのだと思うと、胸がいっぱいになった。

二年半という時間は、あまりにも長すぎるというのに。

「全てが終わったら、聞いてほしいことがある」

「……うん。私も」

笑顔を向けて頰に触れられている手に自身の手を重ねると、ルーファスの目が見開かれる。そして彼は私から顔を背け、そのまま口元を覆うように自身の腕に顔を埋めた。

「ルーファス？」

「……すまない、何もしないと言った直後に、違《たが》えるところだった」

少しの間の後、ようやく意味を理解した私は顔に熱が集まってくるのを感じ、それからしばらくルーファスの方を見ることができなかった。

＊＊＊

意識を取り戻してから半月が経ち、心身ともに落ち着いて周りからの許可も下りた私は、ジェラルドがいるという特別牢へと向かっていた。

「無理はするなよ」

「何かあったら、すぐに私達を呼んでね」

「うん、二人ともありがとう」

ルーファスとエリザが付き添ってくれており、とても心強い。

それでも、牢の中ではジェラルドと少しの間、二人きりにしてもらうことになっている。

最後はジェラルドと二人で話をしたかった。


特別牢は絶対に出られないようにされているだけで、中は簡素なホテルの一室と変わらない。

面会も月に三度まで許されているけれど、侯爵夫妻は一度も訪れていないらしい。実子ではないとはいえ、彼へのそんな仕打ちを聞いた時には、胸が締め付けられる思いがした。

「じゃあ、行ってくるね」

心配そうな表情を浮かべる二人に声をかけ、ジェラルドがいる部屋の中へ足を踏み入れる。

そこには以前よりも少し髪の伸びた彼の姿があって、心臓が早鐘を打っていく。

ジェラルドのこれまでの様子については聞いていたけれど、本当に他人が部屋の中へ入っても気に留める様子もなく、視線は小窓の外へ向けられたままだった。

「ジェラルド」

何度か深呼吸をし、きつく両手を握りしめると、彼の名を呼ぶ。

「――セイディ？」

するとカシャンとジェラルドの手足に付けられていた枷《かせ》の太い鎖が揺れ、こちらを向いた彼と視線が絡んだ。

その表情は驚きに満ちており、信じられないという様子で私を見つめている。

「……本当に、セイディなの？」

「うん。半月前に目が覚めたんだ」

ジェラルドのエメラルドに似た両目からは、ぽたぽたと大粒の涙がこぼれ落ちていく。

心の底から安堵《あんど》しているのが、強く伝わってくる。

「ごめんね、っ本当にごめん……」

やがて片手で顔を覆うと、ジェラルドは震える声で何度も謝罪の言葉を紡いだ。

「あれから何度も何度も後悔して悔やんで、自分の愚かさを呪ったよ。本当にどうかしていたと思うけど、どうしようもなく君が好きなんだ。欲しくて自分だけのものにしたくて、仕方なかった」

「……うん」

「それでも僕はあの時にもう一度戻ったとしても、君に同じことをしてしまうんだと思う。僕はそういう人間なんだ」

ジェラルドはそう言って、泣きそうな顔で笑った。

——本当はもう一度だけ友人として、仲間としてやり直せないかと、何度も何度も考えた。

けれどジェラルドの言う通り、もう私達にはその道はないのだろう。

「だから、さよならをしにきたの。ジェラルドにはもう、いなくなってもらうつもり」

そう告げればジェラルドはどこか諦めたような笑みを浮かべ、目を細めた。

「うん。僕は最後に君に会えて、君を想ったまま死ねるのなら本望だ」

私が決めた彼への処遇が、死刑だと思っているらしい。

それでも喜ぶ様子を見せるジェラルドに悲しい気持ちになりながら、小さく首を左右に振った。

「ううん、私はジェラルドを殺すつもりなんてないよ」

「……どういう、意味？」

私はもう一度だけ深呼吸をすると、まっすぐにジェラルドを見つめる。

「記憶を全て消す、それがジェラルドへの罰だから」

「──は」

その瞬間、ジェラルドの整いすぎた顔から、すとんと表情が抜け落ちた。

重く苦しい沈黙がしばらく流れ、やがてジェラルドは「……いやだ」と呟いた。

「嫌だ、嫌だ嫌だ嫌だ嫌だ嫌だ嫌だ嫌だ嫌だ嫌だ！」

「……っ」

「今すぐに僕を殺してくれ、その方がずっといい、お願いだから、セイディ、嫌だ、嫌だ……」

子供のように泣きじゃくり必死に縋《すが》られ、胸が締め付けられた。

「僕からセイディを、奪わないでくれ……僕の、全てなんだ……」

ジェラルドにとって私は何よりも大切で全てなのだというのが、伝わってくる。

だからこそ、一番の罰になるはず。

「セイディ、セイディ、嫌だ……ねえ、セイディ、嫌だよ、お願いします……」

弱々しい声で繰り返しながら、ジェラルドは両手を床についた。

「ジェラルド……」

まっすぐに愛情を向けられて、なりふり構わない姿を見て、心が動かないと言えば嘘になる。

思わず許したくなるけれど、もしもあの時ルーファスが助けに来てくれなければ私は自分の身体を奪われ、どこかに閉じ込められたまま一生を終えることになっていたのだ。

メイベルのせいだといえど、ジェラルドの裏切りによって、ノーマンも私も命を落としかけた。

私達を裏切ったジェラルドを、許すことはできない。

それでも、ジェラルドがここまで歪《ゆが》んでしまった原因も理由も、理解できる。

「……ごめんね」

ジェラルドは誰かの命を奪おうとしたわけではなく、ただ私を望んだだけ。

そのやり方を間違えてしまったことに変わりはないけれど、私はもう一度、彼が幸せになる道を作りたかった。

辛い過去を全て忘れ、遠く離れた土地で暮らし、ジェラルドには一からやり直してほしい。

『僕がみんなの分もやるから、待っていて』

『大丈夫だよ、僕がついてる』

私だってみんなだって、ジェラルドの良いところをたくさん知っている。あれら全てが演技や上辺だけのものではないことも分かっているし、きっと彼なら大丈夫だという確信があった。

ドアの外へ合図を送ると、すぐに中へ一人の男性が入ってきた。

彼が記憶を消せる魔法使いだと、悟ったのだろう。

「嫌だ、嫌だよ、セイディ、ごめんね、嫌だ……！」

魔法使いから逃げるようにあとずさりしたジェラルドの足枷《あしかせ》が、カシャン、カシャンと音を立てる。

胸が押し潰されそうになりながらも、私は男性に「お願いします」と告げた。

「……では、始めます」

やがて男性の持つ杖《つえ》の先から、眩《まばゆ》い光が広がっていく。

何度も何度も「嫌だ」「ごめんね」を繰り返して暴れていたジェラルドも、金色の光に包まれているうちに、力が抜けたようにその場にしゃがみ込んだ。

もう抗《あらが》っても無駄だと悟ったのか、やがて私をまっすぐに見つめた。

ただ震える手は縋るように、こちらへ伸ばされている。思わず一瞬だけ、彼に向かって手を伸ばしかけてしまい、すぐにぎゅっと胸元で握りしめた。

そんな様子を見ていたジェラルドは、眉尻を下げ、困ったように微笑んだ。

「──ごめんね。本当に、君を愛してた」

そんな言葉を最後に、ジェラルドの目は静かに閉じられる。

穏やかに眠るように意識を失ったジェラルドを見て、男性は「終わりました」と告げた。

「……っ」

気が付けば私の両目からは止めどなく涙が溢れ、声を上げて泣いていた。

ジェラルドをベッドに寝かせた後。部屋を出て行った男性が私の状態を伝えてくれたのだろう。

入れ替わるようにルーファスとエリザが室内へ入ってきて、何も言わず抱きしめてくれた。

エリザの目にも涙が浮かんでおり、細い背中へ私も腕を回す。

「う……っく……」

神でもない私がこんな決断をすることに、罪悪感も抵抗もあった。それでも、私はその責任も背負って生きていきたいと思っている。

――改めて私は「ジェラルド」が友人として、家族として、大好きだったのだと実感する。

今度こそ本当に私の知るジェラルドはいなくなってしまったと思うと、胸の中にぽっかりと穴が空いた感覚はいつまでも消えなかった。

＊　＊　＊

二日後、彼が目覚めたという知らせを聞き、私はすぐに彼が今いるという病院へ向かった。

体調に問題はなく、記憶も一切ないと報告を受けた後、緊張しながら部屋のドアをノックする。

「どうぞ」

聞き慣れた声のはずなのに、どこか違う気がする。

そうして中へと入れば、ベッドの上に座る彼の姿があった。

見た目も何もかもが私の知る彼のはずなのに、表情や仕草が違うだけで別人のように思える。

まるで、違う誰かが入ってしまったみたいに。

ゆっくりとベッドの側へ行くと、彼はふわりと微笑んでくれた。

「こんにちは。君は？」

「……私は、あなたの友達よ」

「そうなんだ。仲は良かったのかな？」

私を見つめる深緑の瞳には、以前のような激しい熱は感じられない。

完全に記憶が失われたのだと、実感する。

少しの後、私が「いいえ」と返事をすれば、彼は「そっか」と疑う様子もなく頷いた。

これから彼は、遠く離れた国で暮らすことになっている。もちろん、これから暮らす環境もみんなで協力してしっかり用意してあり、後は全て彼次第だ。

だからもう、会うのはこれが本当に最後だろう。

「本当に何も覚えていないんだ。自分が誰なのか、これまでどう生きてきたのかも」

「あなたは、事故に巻き込まれたの。……とても、とても不幸な事故に」

「そうなんだ。それなら、忘れてしまって良かったかな」

その言葉に深い意味などなく「ジェラルド」の気持ちではないと分かっていても、ひどく救われたような気持ちになる。

「ねえ、俺の名前を君は知ってる？　まだ目覚めたばかりで誰も何も教えてくれないんだ」

今日のために調べてあった。幼い頃に彼がいたという、孤児院を訪れて。

これからは自分の身体で、そして「ジェラルド」という誰かの代わりでもなく、自分の本当の名前で生きていってほしい。

そして願わくは本当の彼を愛してくれる誰かに出会って、幸せになってほしいと思う。

「あのね、あなたの名前は――……」

◇最終章　十年越しの約束

「うっ……うう……」

「セイディ、泣きすぎだ」

「だ、だって……本当に、本当にエリザが綺麗《きれい》で……」

ぐすぐすと子供のように泣き続ける私の隣で、ルーファスはそっと涙を拭ってくれる。

そう、今日はエリザとノーマンの結婚式だった。

私はルーファスやニールと共に参列しており、今は挙式を終えて披露宴の最中だけれど、未《いま》だに涙は止まらない。化粧もとっくに落ちて、ひどい顔をしているに違いない。

「でも、気持ちは分かるな。俺も正直、ずっと泣きそうだったし」

ニールは眉尻を下げて笑うと、私の肩にぽんと手を乗せた。

純白の正装に身を包んだ二人はとても素敵で幸せそうで、これまでのことを思い返すと胸がいっぱいになってしまう。

あの場所にいた時には、こんな幸せな未来が訪れるなんて想像もしていなかった。

「それに、周りの人もみんな優しいから、余計に……」

目が覚めてから人の多い場に出るのは初めてだったけれど、以前の刺さるような視線とは違い、誰もが私を気遣ってくれ、優しく声をかけてくれるのだ。

もちろんそれ自体も嬉《うれ》しかったけれど、本当に全てが元通りになり始めているのだと実感して、どうしようもなく安心した。

――私が目を覚ましてから、もう半年が経《た》つ。

ジェラルドは記憶を失ったまま、穏やかに静かに暮らしているという報告を受けており、私だけでなくみんなも言葉にはしていなかったけれど、安心した様子を見せていた。

半年の間に色々なことがあったものの、最も大きな出来事と言えば、タバサとメイベルに対する刑の執行がなされたことだろう。

タバサは今、ナポロフ監獄に劣らない環境の監獄に収監されている。

朝から晩まで刑罰として対価のない重労働をさせられ、娯楽もなく、寒さに耐えるだけの毎日を繰り返していると聞く。

出られるのは、死んだ時だけ。彼女は一生を、そこで終えることとなる。

タバサが監獄へ移送される前日、私は彼女の元――王都にある罪人の収監施設を訪れていた。

『……私をあざ笑いにきたの？』

最後に姿を見た時よりもずっと、彼女は穏やかな様子だった。この先の未来を、既に受け入れていたのかもしれない。

『そうよ』

そう答えれば、タバサは「嘘《うそ》が下手ねえ」と呆《あき》れたように笑った。

『お前がどれほどの善人なのか、あの十年で思い知ったから』

タバサが好き勝手をする中、両親やルーファスがセイディ・アークライトという人間を見捨てなかったのは、「私」という人間が生きてきた過去があったからだと、タバサは言った。

私は鞄《かばん》から一通の手紙を取り出すと、牢《ろう》の隙間から差し出した。

『何よ、それ』

『ロイド・ブリック様からの手紙よ、あなた宛に』

そう告げた瞬間、タバサの顔から笑みが消えた。

——事件が表沙汰になったことで、ロイド様も今回の事件のことを知るに至った。

ロイド様は元々の私を知らず、タバサによるセイディ・アークライトという人間しか知らない。

その上で、ロイド様は私に好印象を抱いていたという。

『セイディ様はいつも、僕を褒めてくださっていたんです』

『環境に囚《とら》われずに、自身の力で今の地位を得た努力家の貴方《あなた》は本当にすごいと、いつも言ってくださっていました』

能力さえあれば身分など関係なく重用する我が国でも、文官という役職においては、彼のように平民出身の人間は決して多くない。

そんな中、周囲から心ない言葉を投げかけられることも少なくなかったようで、タバサの言葉には何度も救われたそうだ。

そんな彼はタバサが犯した罪を知り、ひどく悲しげな様子だった。その上で、最後に話ができなかったことを悔やんでいるようで、手紙を代わりに渡すに至った。

この手紙に何が書かれているのか、私には分からない。

ロイド様は誠実な方だから、彼女の行いに対して咎《とが》めるような内容かもしれない。それでも、タバサが望んでいる言葉もある気がした。

『……お前は、っ本当に、甘っちょろい人間ね……』

そう呟《つぶや》きながら手紙を受け取った彼女の声は震えていて、まるで宝物みたいに抱きしめていた。

甘いと思われるのも当然だろうし、私の行動を理解できないという人が大半だとも思う。

──けれど私がタバサとして生きた十年間は、あまりにも長いものだった。

彼女が抱いていたであろう苦しみや悲しみ、辛《つら》さや理不尽、他人から向けられる悪意や侮蔑を私も知ってしまった。

もしも彼女の立場で生まれていたなら、一生をそんなものに塗《まみ》れた暮らしのまま終えていたのだ。恵まれた環境に生まれた自分と比較し、哀れみの感情だって芽生えてしまった。

もちろん、彼女を許したわけではない。この先だって、絶対に許すことはない。

けれどタバサはこれから一生をかけて、罪を償っていく。

私には想像すらできないほど、辛くて長いものになるはず。その中で何かひとつくらい、彼女を支えるものがあってもいいと思えるようになっていた。

それは今の私が過去を乗り越え、愛する人達《ひとたち》に囲まれ、幸せだと感じられているからだ。

『……さよなら』

タバサの元を立ち去る際、背中越しに彼女の嗚咽《おえつ》と共に謝罪の言葉が聞こえた気がした。


一方で、メイベルは斬首刑という判決が下された。

両親やルーファスからは刑の執行の際、見に行かない方がいいと言われていたけれど、私は終わりを見届けたいという想《おも》いから、斬首刑が行われる広場へと足を運んだ。

『俺達も行くよ。これで本当に最後なんだし』

エリザとニール、ノーマンも同じ気持ちだったようで、私達は四人一緒にメイベルの最期に立ち会った。

やはり国を揺るがす大きな事件だったこともあり、刑の執行を見物しようという人々で、王都の中心にある大きな広場は溢《あふ》れ返っていた。

『……出てきたわ』

エリザの声で顔を上げれば、三年ぶりに見たメイベルは別人かと思うほど老け、憔悴《しょうすい》しきった様子だった。

『嫌だ、やめろ！　死にたくない、嫌だ！　嫌だ、ああああ！　助けてくれ！』

メイベルは直前になって死が恐ろしくなったのか、最後までみっともなく暴れ、泣き喚《わめ》き、抵抗し続けていた。

彼女に命を奪われた人間は、数十人ではきかないと聞いている。

彼らだってきっと、同じように死にたくないと抵抗したはずだ。メイベルがこれまでしてきたことを思えば、斬首刑ですら手緩《てぬる》いだろう。

やがて抵抗も虚《むな》しく、刑はつつがなく執行された。

『……っ』

メイベルの断末魔の叫びが途切れた瞬間、エリザの頬を涙が濡《ぬ》らしていった。

『……これで本当に、全て終わったんだね』

『そうだね。あっけなく感じるけど、こんなものなのかもしれない』

彼女が死を以《も》って罪を償っても、私達が奪われたものは、時間は二度と返ってこない。

それでも私達を苦しめていたものは全てなくなったのだと思うと、心が軽くなった気がした。


「……セイディ？　どうかした？」

「あ、ごめんね。少しだけ考えごとをしていたの」

せっかくの日に余計なことを考えてはいけないと、慌てて笑みを作る。

「ふふ、セイディったらまだ泣いていたのね」

そんな中、参列者に挨拶をして回っていたエリザとノーマンが私達の元へやってきた。

二人はふわりと微笑《ほほえ》むと、目を腫らしているであろう私を抱きしめてくれる。

「本当に、本当におめでとう！」

「ありがとう、セイディ。あなたのお蔭《かげ》よ」

「ああ、全てお前のお蔭だ」

ようやく収まった涙が、二人の言葉によってまた溢れてきてしまう。

「ううん、私だってたくさん、たくさん、みんなに助けられてきたもの……」

身体《からだ》を奪われた直後、毎晩泣き続けた私を励まし、支えてくれたのは二人だった。

二人の存在に、どれほど救われてきたか分からない。

「もちろん、ニールも大好きよ」

ニールもぎゅっと抱き寄せれば「子供じゃないんだから、みんなで抱き合うとか恥ずかしいよ」

なんて言いながらも、その目には涙が浮かんでいる。

そんな私達をルーファスは、ひどく優しい眼差《まなざ》しで見つめていた。

＊　＊　＊

披露宴を終えて主役二人を見送った後、私はラングリッジ侯爵家の馬車に揺られていた。

ルーファスが屋敷《やしき》まで送ってくれることになり、向かい合って座っている。

「とても素敵な式だったね。私、本当に感動しちゃった」

「ああ。二人が幸せそうで良かった」

これまで入れ替わりの事件を一緒に追ってくれ、共に過ごす時間が多かったルーファスも二人のことを大切に思っているようで、その顔には喜びや安堵《あんど》の色が浮かんでいた。

「このお花も、大切な記念として保護魔法をかけてもらわないと」

そうして胸に抱いた色とりどりの花でできたブーケへ目を落とすたび、また幸せな気持ちになる。

「……その花束の意味は聞いたか？」

「ううん。何かいいことがあるとだけ」

挙式の後、エリザが「絶対にセイディにと思っていたの」と渡してくれたのだ。

結婚式に参列するのは初めてだけれど、これを持っているといいことがあるのだと、エリザがこっそりと教えてくれた。幸運のアイテムなのかもしれない。

「そうか」

「うん」

「…………」

「…………」

そんなやりとりの後、ルーファスの口数は少なくなり、疲れたのだろうかと心配になる。

少しでも休んでほしくて、屋敷に着くまでは黙っていようと窓の外へ視線を向けると、ルーファスに名前を呼ばれた。

「……隣に行っても、いいだろうか」

「えっ？　ど、どうぞ」

予想もしていなかった問いに、戸惑いながらも慌てて頷《うなず》く。

ルーファスとこれまで何度も一緒に馬車に乗ったことはあったけれど、こんな風に尋ねられたのは初めてだった。

すぐに窓際に寄ると、ルーファスはこちら側へと移動してくる。

「…………」

「…………」

ただ隣に座っただけなのに、驚くほど心臓がうるさく早鐘を打っていく。

しばらくの沈黙の後、ちらりとルーファスを見上げれば、熱を帯びた瞳と視線が絡んだ。

「結婚式で花嫁からブーケを貰《もら》うと、次に結婚できるというジンクスがあるんだ」

「えっ」

もちろんそうとは知らず、浮かれていたのが恥ずかしくなる。

エリザは絶対に知っていたはずなのに、どうして教えてくれなかったのだろう。

「じゃ、じゃあ、私ももうすぐ結婚できるのかな？　な、なんて……」

動揺してしまった私は、そんなことを口走ってしまい、慌てて口を噤《つぐ》む。

笑い飛ばしてほしかったのに、ルーファスは真剣な表情のまま、私を見つめている。

「俺は子供の頃からずっと、セイディと結婚したいと思ってる」

「……っ」

突然の告白に戸惑いながらも、嬉しさが全身に広がっていくのが分かった。私も改めて自分の気持ちを伝えなければと、ルーファスを見つめ返す。

「私もルーファスと結婚したい、ずっと一緒にいたい、です」

そう告げれば、ルーファスの瞳が揺れる。

「たくさん待たせてごめんね。私、ルーファスのことが大好きだよ」

そして次の瞬間、私はルーファスの腕の中にいた。

苦しいくらいにきつく抱きしめられ、私もそんな彼の背中に腕を回す。するとルーファスは今にも消え入りそうな声で「ありがとう」と呟いた。

その声は少しだけ震えていて、胸が締め付けられる。

「……私を好きでいてくれて、本当にありがとう。ルーファスのお蔭で今の私がいるもの」

これまで何度、ルーファスに救われたか分からない。

『ああ、絶対に助ける。だから大丈夫だ』

いつだって私が困った時、助けてくれたのも彼だった。

気付いていなかっただけで私はあの頃にはもう、ルーファスのことが好きだったんだと思う。

「そもそも十年間も悪女だった私を見捨てなかったなんて、普通なら絶対に無理だよ」

「……俺は何があっても、一生セイディが好きなんだと思う」

眉尻を下げて笑うルーファスは、「それに」と続けた。

「昔、約束しただろう？」

「約束？」

「お前は覚えていないかもしれないが、十三年前に約束したんだ。俺達が好きだった、あの花畑で」

「……あ」

不意に、何度も夢に見た懐かしくて優しい光景を思い出す。

花畑の中でくっついて座り、幼い私とルーファスはとても楽しそうにしていた。

『──じゃあ、俺と結婚してくれる？』

『うん、いいよ。でも、わたしたちはまだ子供だし、大人になってもまだ好きでいてくれたら、けっこんしようね』

そんな私の言葉に頷き、ルーファスは花で作った指輪を嵌《は》めてくれる。

そして小さな彼は「大丈夫だよ」と微笑《ほほえ》むのだ。

「俺はずっと、セイディを好きでいるから、と」

「……っ」

いつも会話の内容までは思い出せなかったけれど、今頃になって鮮明に蘇《よみがえ》ってくる。

どうして私は、忘れてしまっていたのだろう。

あの場所で過ごす辛い日々の中で、幸せな記憶や未来の約束を思い出せば辛くなるだけだと、自ら記憶に蓋をしていたのかもしれない。

それでもルーファスはこんなにも長い間、約束を覚えていて守っていてくれたのだと思うと、涙が溢れて止まらなくなる。

そんな私の涙を指先で掬《すく》うと、ルーファスは再びきつく抱きしめてくれ、肩に顔を埋めた。

「本当にここまで、長かったな」

「……うん」

ルーファスの声は震えていて、これまで彼もたくさんの辛い思いをしてきたのが伝わってくる。

タバサに身体を奪われてから十年、意識を失ってからは二年半も、ルーファスはずっと私を待ってくれていたのだ。

私には想像もつかないくらい、長い時間だったはず。ルーファスへの愛《いと》しさが溢れて、彼を大事にして幸せにしたいと、心から思う。

「ずっとずっと、好きでいてくれて、ありがとう」

「ああ。絶対に幸せにする」

――私達が失った十年以上もの過去だって、もう二度と戻らない。

それでも大切な家族や仲間達、そして大好きなルーファスと共に過ごすこれから先の未来は、辛い過去の分も幸せに溢れたものになるという、確信があった。

◇番外編　ゆっくりと、一歩ずつ

ルーファスと改めて想《おも》いを通わせて恋人という関係になってから、一ヵ月が経《た》った。

『ようやく？　もう待ちくたびれたよ。さっさと結婚式にも呼んでよね、おめでと』

『ふふ、私まで嬉《うれ》しいわ。おめでとう』

『おめでとうな、二人とも。本当に嬉しいよ』

私達《わたしたち》の「結婚する」という報告を、両親や友人達、そしてルーファスのお父様も喜んでくれて、今は周りの協力を得ながら結婚式の準備を進めている。

式は三ヵ月後に行われることになり、仕事が忙しいルーファスの分まで頑張らなければと思っているものの、私自身も多忙な日々を過ごしていた。

そもそものマナーなども完璧ではない私は、基礎中の基礎の勉強にも追われている。結婚式では主役だし、ルーファスにまで恥をかかせないためにも、しっかりしなければ。

「あまり無理はされないでくださいね。お嬢様、全くお休みになられていませんから」

「ありがとう、ハーラ。でもすごく楽しいの」

元の身体《からだ》に戻った当初も、お母様やラモーナ先生に色々と教えてもらっていたけれど、ノーマン達がまだあの場所にいると知ってからはそれどころではなかった。

だからこそ、こうして腰を据えて色々なことを一からじっくり学べる今が楽しくて仕方ない。

とは言え、世間の常識や子供でも知っていることすら何も知らないと思い知らされて、へこむことも少なくなかった。

エリザ達も私が眠っていた二年半の間に、相当辛《つら》い思いをしながら学んだと聞いている。何よりルーファスと結婚すれば、次期侯爵夫人という立場になるのだから、休んでいる暇なんてない。

そうして机に向かってひたすら勉強をしていると、来客を知らされた。

「お嬢様、ルーファス様がいらっしゃったそうです」

「ルーファスが？」

どうやらお父様が出先で偶然ルーファスに会い、そのまま我が家に招いたのだという。

私が眠り続けている間も欠かさず会いに来てくれていた彼に両親は心から感謝しており、実の息子のように思っているみたいだった。

家族で過ごしていても、二人はいつも嬉しそうにルーファスの話ばかりする。

それを以前ルーファスにこっそり伝えたところ、照れた様子で「嬉しい」とはにかんでいて、私も幸せな笑みがこぼれた。

「突然すまない。迷惑ではなかっただろうか」

「ううん、すごく嬉しいよ。それにお父様に捕まっちゃったんでしょう？」

慌てて身支度をした私はルーファスを自室へ通すと、彼は何故《なぜ》か私が示した場所とは違うソファに腰を下ろした。

少し不思議に思いながらもその向かいに私も腰を下ろし、ハーラにお茶の準備をお願いする。

ハーラはやけに眩《まぶ》しい笑顔でてきぱきとお茶を淹《い》れ、気を遣ってくれているのか、あっという間に部屋を出て行く。

二人きりになり、先に口を開いたのはルーファスの方だった。

「今日は知人の祝いの場に顔を出してきたんだ。そこで伯爵にも会った」

「そうだったんだ。ルーファス、今日もすごく格好いいね」

紺色の正装に身を包み、髪を片耳にかけているルーファスは、本当に素敵だった。こんなにも綺《き》麗《れい》で強くて優しい彼が私を好きだと思うと、未《いま》だに落ち着かない気持ちになる。

一方、ルーファスも私が褒めただけで顔を赤くして、小さな声で「ありがとう」と呟《つぶや》いた。

「私は国学の勉強をしてたんだけど、面白くてね──じゃなくて、お、面白いわ」

はっと我に返って慌てて言い直せば、ルーファスは不思議そうに軽く首を傾《かし》げた。

「先生に話し方も直しましょうねって言われたの。でも、難しくて……」

「そうだったのか」

あの場所に十年もいたせいで、貴族令嬢らしい話し方をするだけで一苦労だ。

ルーファスは今のままでも好きだと言ってくれて、うっかり甘やかされてしまいそうになる。

そうして他愛のない話をしていたところ、またもや来客を知らされた。

「あ、ごめんね。ルーファス様も来てたんだ」

やってきたのはニールで、先日、彼が勉強に使っていたという本を貸してもらう約束をしていたことを思い出す。近くに用事があったため、自ら届けに来てくれたらしい。

「ありがとう、ニール。大切に使わせていただくわ」

「あはは、セイディのその話し方、慣れなくて面白いね」

「もう、笑わないで」

ぎこちない私の話し方にお腹《なか》を抱えて笑うニールにもお茶を用意しようと思ったものの「邪魔者はすぐに退散するよ」なんて言われてしまった。

「でも、なんでそんな所に座ってんの？」

部屋を出て行く直前、私達を見比べたニールは、こてんと首を傾げる。

私達がテーブルを挟んで向かい合って座っていることに、疑問を抱いているようだった。

「もしかして喧嘩《けんか》でもしてる？」

「ううん、仲良しよ」

「そうなんだ。それならいいけど」

ニールは不思議そうな顔をしたまま、ひらひらと手を振って帰っていった。

「…………」

「…………」

その後、私達の間には何とも言えない沈黙が流れてしまう。

もちろんルーファスと会えるだけで嬉しいけれど、恋人らしくないやけに遠い距離に寂しさを感じていたのも事実だった。

そんな気持ちが顔に出てしまっていたのか、ルーファスはすまない、と呟いた。

「ええと、気にしないで。でも、どうして隣に座らないの？」

そう尋ねると、ルーファスは躊躇《ためら》う様子を見せた後、私から目を逸《そ》らして口元を手で覆った。

「好きすぎるんだ」

「……な、なんて？」

そして告げられた予想外の返答に、私の口からは間の抜けた声が漏れる。

恥ずかしい聞き間違いをしてしまったと思ったけれど、どうやら合っているらしい。

「セイディが好きすぎるあまり、側に行くと自制心がなくなりそうで怖いんだ」

「そ、そうなんだ……」

まさかルーファスがそんなことを考えていたなんて、想像すらしていなかった。

『俺はいつだって、セイディに触れたくて仕方ない』

以前もそう言われたことを思い出し、顔が火照っていく。

けれど私が嫌だとか興味がないというわけではないと知って安堵《あんど》し、嬉しいと思ったのも事実で。私は両手を握りしめると立ち上がり、ルーファスの隣に移動した。

「……セイディ？　俺の話を聞いていたか？」

「うん。聞いたから、こっちにきたの」

――普通なら恋人同士、かつ結婚も控えた関係なら触れ合ったりするのも当然のはず。

実は以前、ティムにも私達が一緒にいる姿はあまり恋人らしくないと言われたのだ。そしてその原因は、この距離感のせいだと気が付いていた。

きっとルーファスは恋愛に疎くお子様な私に、気を遣ってくれているのだろう。

けれど私だってルーファスが好きだし、近づきたい気持ちはある。

だからこそ、ここは私から行動しようと思ったのだ。

「あの、私もルーファスに、もっと触りたいと思ってるから、大丈夫！」

「は」

私の発言に対してぽかんとした表情を浮かべたルーファスを見て、動揺したあまり、はしたない発言をしてしまったことに気が付いた。

それでも、本音であることに変わりはない。

そんな気持ちを込めて、恥ずかしさを堪えながらルーファスを見つめ続ける。

「……本当に？　俺だけじゃないのか」

「う、うん。私だってルーファスが大好きだもの」

こくりと頷《うなず》きながら、まずは手を繋《つな》ぎたいな、なんて考えていた時だった。

「――え」

ルーファスの手がこちらへ伸びてきて、両腕を掴《つか》まれる。

整いすぎた彼の顔がやけに近づいてきたかと思うと、唇が重なっていた。

「……っ」

初めての柔らかい感触と温《ぬく》もりに、頭が真っ白になる。

キスをされているのだと理解した頃にはもう、唇は離れていた。

ルーファスにまで聞こえてしまうのではないかというくらい、大きな音を立てている心臓のあたりを押さえながら、私はどうしようもなくお子様だったと反省する。

手を繋ぐ、抱きしめるくらいしか想像していなかった自分が、心底恥ずかしくなってしまう。

そういう知識だってほとんどなくて、今のキスも何か間違えたり変な反応をしたりしなかっただろうかと、不安になってくる。

エリザやハーラにもっと色々聞いておくべきだったと、心底悔やんだ。なんというか、自分に起こるのはもっと先だと思っていたのだ。

「ル、ルーファス……」

縋《すが》るようにルーファスをちらりと見上げた瞬間、彼がごくりと息を呑《の》むのが分かった。

その漆黒の瞳は今までに見たことがないほど、はっきりと熱を帯びている。

「──すまない」

そんな謝罪の言葉が耳に届くのと同時に今度は後頭部に手を回され、ぐいと引き寄せられて、再び私達の距離はゼロになる。

先ほどよりも長くて深くなっていくキスに、私はきつく目を閉じ、ルーファスの服をぎゅっと掴むことしかできない。

もちろん呼吸の仕方さえ分からず、だんだんと息が苦しくなる。

「は、っ……」

やがて解放された私は一気に空気を吸い込むと、倒れるようにルーファスの胸に身体を預けた。

心臓が驚くほど早鐘を打っていて、全身が熱い。

もうルーファスの顔を見ることすらできず、顔を上げられなくなった。

世の中の恋人達や夫婦は当たり前にこんなことをしているなんて、信じられない。たったの二回だけで私はもう、気絶しそうになっているというのに。

一方、ルーファスは大きな溜《た》め息《いき》を吐くと、力が抜けたように私の首元に顔を埋める。

やっぱり私が上手《うま》くできなかったせいで満足できなかったのだろうかと、申し訳なくなった。

「ご、ごめんね」

「なぜお前が謝る？」

「その、私が初めてで下手だから、嫌な思いをさせてないかなって」

不安な気持ちを素直に話せば、ルーファスは「はあ……」とさらに大きな溜め息を吐いた。

「……どこまで可愛《かわい》いんだ」

「えっ？」

「そもそも初めてでもなく上手かったら、数年は寝込むところだった」

ルーファスはそう言うと、私を抱きしめる腕に力を込めた。

「本当にすまない。一回限りのつもりだったのに、あまりにも可愛くて止まらなくなった」

反省した様子のルーファスは「セイディといると、自制心が吹き飛ぶんだ」と呟いている。

「とにかくセイディに悪いところなんてない、むしろ嫌じゃなかったか？」

「う、うん。びっくりしちゃっただけで、嬉しかったもの」

好きな人とこうして触れ合うことがこんなにも幸せで、どきどきしてくすぐったくて、満たされる気持ちになるなんて私は知らなかった。

けれどまだまだ、慣れるには時間がかかりそうだ。

「それに結婚式でだって、するんだよね？」

「ああ、そうだな」

我が国の結婚式では、誓いのキスをするのが一般的らしい。

家族や大勢の参列者の前でこんな風に取り乱すわけにはいかないし、初めてが当日ではなくて良かったと、安堵さえした。

エリザとノーマンだってとても自然で神聖な感じがして、誓いという言葉がぴったりだった。

真っ赤になって顔も見られないままでは、厳かな式の雰囲気も壊してしまうだろう。

実は私達の結婚式は、教会で行われる予定だ。

教皇と大司教の行いにより、世の中の神殿の心象は地に落ちてしまっている。それでも罪を犯したのはその二人だけで、他の人々に罪がないことも分かっていた。

だからこそ教会派のラングリッジ侯爵家のためにも、被害者の一人である私が神殿で結婚式を行うというのは、かなり意味がある大切な行為で失敗など絶対にできない。

「ねえ、ルーファス。結婚式の日まで、もっとしてくれる？」

「────」

「私、このままだと失敗しちゃう気がする」

今だってまともにルーファスの顔が見られないのに、みんなの前でキスするなんて余計に恥ずかしくて、取り乱してしまう気がしてならない。

だからこそ、とにかく慣れる必要があると思い、そんなお願いをしてみたのだけれど。

「……………分かった、とりあえず、今日は、帰る」

ルーファスは突然立ち上がると私に背を向け、不自然な喋《しゃべ》り方をした。

常に私に背中を向けており、顔を見ようとはせず、俯《うつむ》いたまま。

「また、来る」

「う、うん。私も連絡するね」

ルーファスはそれから私の部屋を出るまでに二回足をテーブルや椅子にぶつけ、頭をドアで強打した後、屋敷《やしき》を出るまでにはその倍以上、あちこちにぶつかっていた。

大丈夫かと尋ねても「ああ」と繰り返すばかりで、心配になった。

＊　＊　＊

ルーファスが我が家を訪れた翌日、エリザに相談しようと一連の出来事をこっそり話せば、彼女は「あまりにも不憫《ふびん》だわ」と本気でルーファスに同情する様子を見せた。

「ねえセイディ。ルーファス様ってね、本当に本当にあなたのことが好きでしょう？」

「う、うん」

「だからね、きっと余裕がないの。男の人っていうのは──」

それからエリザに色々な説明を受け、誓いのキスだけでなく結婚式の日の夜──初夜のことなんかを聞いた私はいっぱいいっぱいになってしまい、発熱して寝込んでしまった。

もう成人しているというのに、恥ずかしくて仕方ない。

「ルーファス、ごめんね」

「俺こそ余裕のない男ですまない。セイディのこととなると、どうしようもなくなるんだ」

お見舞いに来てくれたルーファスは寝込む私の手を取り、困ったように微笑《ほほえ》んでいた。

ルーファスも先日の私の言葉に動揺し、その日の晩は全く眠れなかったという。

余裕がないのは私だけではないと知って、なんだか嬉しくなる一方、申し訳なくなる。

結婚式もいくら失敗したっていい、私にとって楽しい良《い》い思い出になればいいと言ってくれて、ルーファスの優しさにまた胸が温かくなった。

「少しずつ一緒に慣れていこう。これから先、俺達にはたくさんの時間があるから」

そう言われて初めて、私は自分が焦っていたことに気が付く。

結婚式のことだけでなく、この幸せな日々を一日も無駄にしたくないという一心で、生き急いでいたのかもしれない。

「……ありがとう。私ね、ルーファスが大好き」

するとルーファスは一瞬目を見開いた後、子供みたいに嬉しそうに笑う。

私はこの笑顔も、すごく好きだった。

「俺の方が間違いなく好きだ」

「ふふ、それ、子供の頃もいつも言っていたよね」

繋いでいない方の大きな手のひらで、優しく頭を撫《な》でられる。ルーファスに触れられるのはやっぱり特別で、嬉しくて。それだけでどきどきして、幸せな気持ちになる。

これからも恋愛初心者の私達なりのペースで、ゆっくりと一歩ずつ進んでいけたらいいなと思いながら、私は大好きな彼の手を握り返した。

◇あとがき

こんにちは、琴子《ことこ》です。

この度は『10年間身体《からだ》を乗っ取られ悪女になっていた私に、二度と顔を見せるなと婚約破棄してきた騎士様が今日も縋《すが》ってくる』二巻をお手に取ってくださり、ありがとうございます。


子供の頃から辛《つら》い思いをしてきたセイディ達《たち》が幸せになるまで、長い時間がかかりました。ここまでお付き合いくださった皆様、本当にありがとうございます。

ルーファスを含め「みんなを早く幸せにしてあげたい！」と思いながらも、「いやでも、メイベルは簡単に倒せる相手ではないよなあ」という葛藤があり、私自身も「ごめん……ごめんね……」という気持ちで書いておりました。

メイベルとセイディが入れ替わるところは、大変心が痛みました。とは言え、私はヤンデレが好きすぎる者なので、ジェラルドの監禁ターンはうっきうきで書きました……。


本作「乗っ取られ悪女」のメインキャラというと、やはりセイディ、ルーファス、ジェラルド、メイベルの四人かなと思います。

まずメイベルですが、私はここまでの悪役を書いたことがなかったので大変でした。そして狡猾《こうかつ》なキャラでもあるので、最後まで全然ボロを出してくれずめちゃくちゃ苦労しました。

また、ジェラルドは個人的に思い入れがあるキャラクターで、最後はとても悩みました。

ですが、仲間を裏切り罪を犯した彼にとって、これが贖罪《しょくざい》であり救いの道だったのではないかと思います。どこかで本当の自分として、幸せに暮らしていることを祈っています。

そしてルーファスはとにかく一途《いちず》でまっすぐで、それでいて少しぽんこつなところもある、とっても可愛《かわい》くて大好きなヒーローになりました。読者さまからもたくさん応援してもらえました。

無実のヒロインに冒頭で婚約破棄をして、応援されるヒーローも珍しいのではと思います。

セイディは心配になるくらい良い子でしたが、だからこそ周りからも愛され、助けられ、幸せになる未来に辿《たど》り着《つ》けたのではないかと思います。

私はセイディとルーファスの純粋すぎる二人が、じれじれしている姿が可愛くて本当に好きです。

最後に幸せそうな二人を書くことができて、本当に良かったです。

これから先もずっとずっと、二人や周りの人々は平和に幸せに暮らしていくと思います。

また、今回も素晴らしいイラストを描いてくださったボダックス先生、本当にありがとうございました。幸せいっぱいのルーファスとセイディに、胸がいっぱいになっております。

そして担当編集様の素敵なアドバイスのお蔭《かげ》で、とてもとても満足のいく形になりました。

本作の制作・販売に携わってくださった全ての方にも、感謝申し上げます。

そしてそして、ぽてまる先生による素晴らしいコミカライズも連載中です！　ややこしい話をとても面白く美しく描いてくださり、素敵なオリジナル展開もたくさんなので私自身、「ど、どうなっちゃうの……⁉」と毎話楽しく拝読しております。

ちなみに私はぽてまる先生の描くニールが美少年で可愛くて、強火オタクになっています。コミックスも三巻まで大好評発売中なので、ぜひぜひ読んでいただきたいです。

最後になりますが、ここまでお付き合いくださり、本当にありがとうございました！

今後も素敵なコミカライズで、セイディ達のお話は続いていきますので、「乗っ取られ悪女」をどうぞよろしくお願いいたします。

それではまた、どこかでお会いできることを祈って。

琴子

アプリPalcy&pixivコミックにて
コミカライズ大好評連載中！
人気急上昇中！
「10年間身体を乗っ取られ
悪女になっていた私に、
二度と顔を見せるなと婚約破棄
してきた騎士様
が今日も縋ってくる」
漫画：ぼてまる 原作：琴子
キャラクター原案：ボダックス
1
10年間身体を乗っ取られ
悪女になっていた私に、
二度と顔を見せるなと婚約破棄してきた
騎士様が
今日も縋ってくる
漫画 ぼてまる
原作 琴子
キャラクター原案 ボーダー
Presented by Botemaru and Kotoko
元悪女×騎士様
すれ違い悶キュンラブ♡
コミックス
①巻～③巻
発売中！
「身体 乗っ取られてたんです」
10年間身体を乗っ取られ「悪女」になっていたセイディ。元の身体に戻ったのは、騎士様に婚約破棄されている真っ最中。
わあああ
ルーファス！
ってことは私…
元の身体に戻れたの…？
突然優しくなったセイディに、
騎士様は戸惑いを隠せなくて…!?
悪女？
or
聖女？
ぜーんぶラングリッジ侯爵家にツケておいて♡
…よかった
変身ぶりに元婚約者も
翻弄されっぱなし！

Kラノベブックスf

10年《ねん》間《かん》身体《からだ》を乗《の》っ取《と》られ悪女《あくじょ》になっていた私《わたし》に、二度《にど》と顔《かお》を見《み》せるなと婚約破棄《こんやくはき》してきた騎士様《きしさま》が今日《きょう》も縋《すが》ってくる2

琴子《ことこ》

2023年8月30日第1刷発行

発行者　森田浩章

発行所　株式会社 講談社
〒112-8001　東京都文京区音羽2-12-21

電　話　出版　(03)5395-3715
販売　(03)5395-3605
業務　(03)5395-3603

デザイン　ムシカゴグラフィクス

本文データ制作　講談社デジタル製作

印刷所　株式会社KPSプロダクツ

製本所　株式会社フォーネット社

KODANSHA

ISBN978-4-06-532644-2　N.D.C.913　254p　19cm
定価はカバーに表示してあります

ファンレター、
作品のご感想を
お待ちしています。

あて先
〒112-8001　東京都文京区音羽2-12-21
(株) 講談社　ライトノベル出版部 気付
「琴子先生」係
「ボダックス先生」係

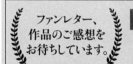

Kラノベブックスf

王太子様、私今度こそあなたに殺されたくないんです
～聖女に嵌められた貧乏令嬢、二度目は串刺し回避します！～

著：岡達英茉　イラスト：先崎真琴

リーセル・クロウは、恋人だったはずの王太子――ユリシーズによって処刑された。
それもこれも、性悪聖女に嵌められたせい。どこで、何を間違えたのだろう？
こんな人生は二度とごめんだ。薄れゆく意識の中でそう考えるリーセルだが、
気がついたら６歳の自分に戻っていた！　私、今度こそ間違えたりしない。
平穏な人生を送るんだ！　そう決意し、前回と違う道を選び続けるが――